夜

The Long Night of Winchell Dear

Robert James Waller
[美] 罗伯特·詹姆斯·沃勒——著

廖美琳——译

人民文学出版社

著作权合同登记:图字 01-2012-3052 号

Robert James Waller
THE LONG NIGHT OF WINCHELL DEAR

图书在版编目(CIP)数据

夜/(美)沃勒(Waller, R.J.)著;廖美琳译.—
北京:人民文学出版社,2012
ISBN 978-7-02-009180-5

Ⅰ.①夜… Ⅱ.①沃… ②廖… Ⅲ.①长篇小说-美
国-现代 Ⅳ.①I712.45

中国版本图书馆 CIP 数据核字(2012)第 084583 号

特约策划:邱小群
责任编辑:马爱农
封面设计:董红红

出版发行 人民文学出版社
社　　址 北京市朝内大街 166 号
邮政编码 100705
网　　址 http://www.rw-cn.com
印　　制 山东新华印刷厂德州厂
经　　销 全国新华书店等
字　　数 87 千字
开　　本 890×1240 毫米 1/32
印　　张 4.75
印　　数 1—10000
版　　次 2012 年 7 月北京第 1 版
印　　次 2012 年 7 月第 1 次印刷
书　　号 978-7-02-009180-5
定　　价 18.00 元

献给我的妻子琳达，

她在深深挚爱的高原沙漠，

居住了二十年。

很遗憾，我没有学会打牌，它在实际生活中是一件很有用的事情：它繁衍仁善，稳固社会。

——塞缪尔·约翰逊博士

一

好的，我的侄儿，且听我说，然后领悟我的话：在高原沙漠上，时间就像一个狡诈的骑手，一个传说中的强盗，它将偷走你的日子，带走你的女人，并在登上晚间列车时，微笑着俯视你。

由于将叔叔这番话牢记于心，并将这一真理融入自己走过的五十一年生命里，所以，帕布洛便在深夜艰难行走在瓜帕山的山脊上，并又迅速离去。此处离边境一百一十五公里，帕布洛踉踉跄跄行走在疏松的石块上，紧紧抓住矮松摆动的绿枝保持身体平衡，到了莱特溪谷便开始下山。在溪谷里，他的身影将不会像行走在山脊上时那样被钉在天空中一般凸显。穿过那片干旱地后，他那双套在胶皮和草绳扎成的凉鞋里的褐色大脚，将一如往昔地带领他朝北而行。这行走的坚定步伐表明，远行只是自己的职责而已。

凉鞋上面那条灰色长裤，松弛下垂，被撕开了裂口。裤子上方套着的衬衫也早已褪尽了它的本色，从现在的颜色推测，先前可能是灰绿色的。衬衫背面印有“德克萨斯州，流放地，穆斯林巷”的字样。昨天，帕布洛在圣克拉拉山峰附近行走时，有一架直升机发现了他，接着，野马四轮车那震耳的轰鸣声很快就从山下传来，他还能依稀听见下面峡谷里边境巡警寻找他踪迹的无线电通话声。他躲藏了整整一个白天，而现在，他要努力挽回损失的时间了。

他行色匆匆，这也事出有因，因为此次行程的终点就要到达了。他嘴里含着一块鹅卵石，并不停地用舌头翻搅着，以此咂出嘴里最后一滴水。他的体重有一百四十磅，其中背包就几乎占了整个重量的三分之一。由于跋涉时间太长，背包里的负重似乎显得更沉重了。他调整好背包带，从一片凸出地表的石灰岩上滑行而下，朝着溪谷走去，蜿蜒的溪流将把他带到一处静谧而美好的水源，那里亮着晚间的信号灯。

他希望那里只有两盏灯，因为无论多于两盏还是少于两盏，都意味着他在到达那所房子和完事前不得不在黑暗中等待。那女人有时会有客人来访，不想让他在这种时候出现。这种情形在大约两周前发生过一次，他没打招呼就匆匆离开了。他当时为此很气愤，并说出了心中的愤怒。但她只是向他招招手，并在他面前放好玉米饼和水，就把他的怒火彻底消除了。

在帕布洛下方一百五十米、东面半公里处躺着一条响尾蛇。那是一条西部菱背响尾蛇，因其身形和本领的特别，蛰伏在自己特殊的领地上就像一方霸主。再过一个月，这条身长两米多的响尾蛇就满二十岁了。它整天躺在一棵牧豆树①下,只有在牛群经过时才会醒两次。现在,太阳已经完全下山,一轮未圆欲圆的明月散发出皎洁的月光,飘洒在北峰顶上,空气变得格外凉爽,正是夜猎的好时机。

空腹的响尾蛇重达十六磅,它慢慢伸展着自己,然后盘成一团,平坦舒缓的身体紧紧贴着大地,横卧的躯体逐渐挪动成向前的姿势,开始穿过高高的沙漠朝着一所牧场的房子行进。沿着这条路线,它爬行过低矮的青草,越过仙人掌矮丛,在一条小路的松散泥土中蜿蜒前行。路的另一面有一处牧场房屋,在房屋后面大约十五米的地方有个水槽,上面有小裂缝,由此渗出的水形成了一个水坑,响尾蛇便可以在这里饮水。

快要穿过小路时,响尾蛇感觉到地面在颤动,它停了下来,显得异常警觉,眼神一如往昔那样毫无表情:漆黑的,定定的,一眨不眨。它的舌头快速地轻掸着,把空气中的微粒传送到上颚的犁鼻器中,然后进入大脑:这就是它的嗅觉。它抬起头,部分身体也随之挺起,几乎蜷成一个圈,定定地立着。然而颤动却消退了,两分钟后,它松弛下来,继续朝着水坑爬行,最终爬过了刚刚踩下的靴印。

此时的高原沙漠开始了自我娱乐,就像一曲手摇留声机里

---

① 任一种豆科牧豆树属的带荆小树或灌木,原产于新大路的炎热干燥地带,是蜜蜂采蜜的重要树种,也是家畜的重要饲料,尤指腺牧豆树。

传出的老歌。在瓜帕山的夜影中,一条菱背响尾蛇在喝水,一只夜莺在歌唱。数秒钟后,一头野狼开始嗥叫,过了一会儿,又响起了其他同类动物的应答和叫声,这些声音彼此交融在一起,难以分清是谁在叫。帕布洛从西边沿着斯莱特溪谷的河床一路走来,他艰难的呼吸声使得他凉鞋下被踩的石块间发出的嘎吱声几乎难以听见。走下山脊时,他注意到,在右下方向的远方,牧场的主屋亮起了灯光。这灯光并不陌生,因为在他向北边流亡时曾经见过,他对此并不在意,他确信,住在那里的老人对这黑夜中发生的一切浑然不知。

距离主屋西北方向近半公里处有另一座比主屋小的建筑,由泥砖建成,四周被毛枝香柏环绕着,这就使得从远处看清西边窗口处亮着的几盏灯比较困难。帕布洛将继续沿着干涸的小河道一直向前走,直至走到那块有他之前用过的大岩石的地方,他将站在大岩石上,透过溪谷边缘望去,数窗台上的灯盏。请求你,他对着圣母玛利亚祈祷:让那里有两盏灯,而且只有两盏。那么他就可以解下背包,痛饮甘甜的水。他还可以在再次游历南部至自己位于圣赫勒拿岛①的家乡之前休息数小时。若幸运的话,他还能搭上边境的巡警车,搭乘到卡斯特伦附近的过境站,那样就能在第二天晚上回到家。他们自然会盘问他,但他会

① 圣赫勒拿岛是大西洋中的一个岛,属英国,离非洲西岸 1 900 公里,离南美洲东岸 3 400 公里。

说他只是到北部来求职的，至于其他任何事情，则根本无所证实。尽管帕布洛从未真正想过要这样做，但花美国纳税人的美元来进行归家之旅的确是令人愉快的。对他来说，美国佬宽容的法律和天真的慷慨使事情变得更为简单。

夜莺又开始歌唱，野狼也开始嗥叫。菱背响尾蛇快要喝完水，它再次感觉到了动静，把头从水坑中抬起，并将这仰起的姿势定定地持续了五秒钟，然后，它慢慢往回爬行，爬向它可以找到的任何遮掩物。有什么东西来到了水槽的另一侧，并发出了声响。因为蛇没有听觉方面的生理组织，所以对声音只能感觉到部分声响，也就是只能察觉到引起地层最细微颤动的那些声响，诸如人类的脚步声。在这种情况下，西部菱背响尾蛇从来都不能确定它周围的环境，只能以一种简单的方式对自己的感应器所能感受到的部分事物做出反应。对于菱背响尾蛇以及大多数生命体而言，生存中除了那些无关紧要的东西，就只剩下食物、危险和物种繁衍等要素。

起初，这些声响是旧靴子踩在荒漠上发出的轻悄声息，然后则是响尾蛇无法听到的、手指从水槽表面抹去碎片的沙沙声。一个男子将双手并拢成杯状从水槽中捧水喝，月光在水槽中随着水面的波动荡漾着。

印第安人喝完了水，用破损的丹宁布①衬衫袖子慢慢地擦了

---

① 一种厚质棉布。

擦嘴，目光朝十五米远的牧场房舍窗户外掠过。厨房里照出的亮光只在黑暗里投出了很短的距离，透过部分被金银花藤攀爬的窗户，他能看见一个老人坐在桌边，正玩着纸牌。

由于久居沙漠，印第安人对沙漠中的声音节奏以及直觉发生的变化——哪怕是最细微的变化都会异常敏感。就在这一刻，他意识到有东西正靠近他，于是他暂时停止了用衬衫袖子擦嘴。他四处扫视，并朝着水槽另一边看去，就这样看了将近一分钟，没有发现任何东西。然后他微笑着把右前臂按在胸口，很快又轻快地把手移开。这个动作包涵着一种古老而又能被理解的语言，那是印第安人一百五十年前祖先的真实标志。那时他们漫游在科曼奇瑞亚①，需要抉择时便会做这个动作。很久以前，当他们为自由和荣耀而活时，卡曼奇这个名字还是令人畏惧和冷酷无情的代名词。

他放松下来，不再担心水槽周围的动静，撩开沙漠红柳的枝条，走上了一条倾斜的小道，这条小道远离了蛇所处的地方。然后，他朝着南面十公里开外的恶魔峡谷走去。举目望去，他刚好看见映衬在月色中的一个人影，那人影正沿着山脊往下走，并朝着那条被称做斯莱特溪谷的凹凸不平的狭长地缝行进。

印第安人正犹豫着是否该绕回到那所仍亮着灯的泥砖砌成的小屋。他离开时，那个叫索尼娅的女人正在梳理她的一头黑

---

① 北美印第安人的部族。

发，嘴里还轻轻哼唱着，同时注视着浴室镜子里的自己。她的嘴里有一丝辛辣的味道，由于同印第安人一起喝了些莎脱酒①，所以稍微有些头晕。镜子很廉价，导致照出的映像看起来有些变形。她知道要是自己向牧场主要求的话，他也许会给她买面新的，然而这变形使得镜子里照出的任何映像都变得比实物更窄，这样一来，镜子里的自己看上去就要比实际的五十四岁更年轻，身材也比实际的更显苗条。基于这个原因，她没提出换镜子的事情，并且保留着这面镜子。

印第安人明白事情就是它本来面貌的道理，不论你为自己迫切需要的改变付出多少努力，可事情依然保持它的原样。在这样一个不可宽恕的世界里，人们在吃、喝以及相互共处中只关心那些自己必须关心的事情。当他不和那个女人在一起时，她所做的一切便与他毫无关联。于是他这么想着，带上她给他的一塑料袋食物，连夜向自己在恶魔峡谷那所由木头和帆布搭成的棚子走去。途中他停下两次来仰望明月，感谢它带领他回家。

很难说菱背响尾蛇是否明白月亮为何物，是否会带着一种感激的心情来仰望它。也许会，也许不会。然而此刻，响尾蛇看起来的确像在抬头仰望，然后缓缓爬向它敏锐的嗅觉所指向的地方，那可能是一处兔子的窝穴，那里也许有足够的食物再让它维持几个星期。当它经过黄色报春花时，那些花茎顷刻之间纷

---

① 龙舌兰酒。

纷折腰。

有两盏灯在斯莱特溪谷偏东方向的窗前摇曳着。一只背包从溪谷里被人轻轻扔出来,落在地上,包里装着在美国大街上能卖四万五千美元以上的东西。帕布洛自己则紧随其后,一只手抓住一条树根,另一只手扒住地面,从溪谷中攀爬了出来。

他拍了拍衣服上沾着的旱谷尘土,歇了口气,向四周看了看。什么也没有。整个高原荒漠寂静无声,只有远处的一只母兔在尖叫,但距离太过遥远,帕布洛无法听见。

这时温契尔·迪亚正坐在牧场主房的厨房里,他听到了母兔的尖叫声。以前他也听见过这样的尖叫声,所以既不惊讶也不警觉。在这沙漠中,大自然无情地主宰这一切:夜晚的尖叫,在一两个月后就转变成任人践踏的骸骨,这就是矮草丛中的死亡。

桌子下面有一只比温契尔的年纪还大的狗,它昂起了头,僵硬地挺立着,喉咙里发出低低的咆哮声。这只狗在牧场建成时就跟随来了,有段时间它会跳起来推开纱门。在这片领地,不管发生了什么事情,它都会跑过去做个"审查",它将这地方视为自己的属地。可到现在,因为患有关节炎,也因为十四年始终保持的警觉使它劳累,它只能把头继续贴着爪子睡觉了。

温契尔·迪亚说道:"没事儿,宝贝,随它去吧。有什么东西抓住了一只野兔,仅此而已。"

他挺直肩膀,洗着牌,一边瞥向外面的茫茫夜色,黑夜中有什么东西正朝他而来。他可能已经知道，或者对此已有了一种感觉，因为那些年长且富于智慧的老赌徒们，在邪恶还距离尚远之时就能够嗅出它的气息。也许这就是他把手伸向悬挂在左臂下皮套里那把点三八自动式柯特枪并触摸它的原因，就是他穿上了上好的灰衣服和定制的靴子的原因，就是他在早些时候确定车库里那辆开了十年的凯迪拉克是否加好了油的原因。有些事情在白天发生过，而在夜幕依然弥漫，总让人感觉有些不对劲。温契尔·迪亚随时严阵以待，这种戒备出于某些不太清晰的理由，这理由与他潜意识中最模糊的心灵感应有关。

他的脑海中常冒出一个念头，正如现在这样。如果杰瑞尔没有脱掉衣服在柯特挪威的赌桌上裸舞，他就没有充分的理由把她一屁股踢到牧场的路上去，也没有理由让她回到拉斯维加斯甚至任何地方。若不是这样，她可能依然在这儿陪伴着他，他就不会像现在这么孤独。而且，她也不会给他寄那些向他索要钱财的恶心信件，也不会在深夜以含糊威胁的口吻给他打那些恼人的电话。在电话里，她对他说如果他不寄来她所要的分居赡养费，她将会采取行动。温契尔·迪亚不清楚什么是分居赡养费，在德克萨斯州的法律条文里也没有这个词。

他洗着牌，看着外面茫茫夜色，开始有一丝紧张，嘴里断断续续哼唱着一首歌，这歌是一名维加斯音乐人写给他的：

穿着我最好的衣服，坐在桌旁，

蓝色背带紧勒着我的双肩……

西北方向大约半公里处，有一所泥砖砌成的小屋，里面亮着两盏晚间信号灯，索尼娅·多明戈斯一边梳理着黑发，一边注视着镜子中的自己，镜子有些美好的瑕疵，这使她看上去比实际年龄要年轻很多。

二

印第安人行走在月光下。菱背响尾蛇也目的明确地朝前爬行，至少从它爬行的方向和行动上看是目的明确的。有些植物在强劲的晚风中摇摆折腰，在荒漠上投下阴影。响尾蛇就像另一团阴影在其间穿梭，阴影渐行渐远，直到难以辨认。

帕布洛的行程只剩下大约半公里，而他的双腿已开始颤抖，此时他集中精力打好了背包。既然他已临近休息的地方，就无所谓是否疲惫了。在下次行程前他要买把更好的手电筒来帮助行走，还得把行李减少一些。他已经这样决定了。尽管在对那些自己与之交易的人提要求时需要小心谨慎，但他至少可以礼貌地问对方是否可以在下一趟行程中把重量减轻些。

若不能如愿以偿，他也只能暗自叹口气，然后背上人家给他的东西，拿着钱上路。往北方跑一趟单程的所得酬劳相当于他妹妹在加工出口区①工作半年的薪水。美国人沿着边境零零散散种了些植物。对于一个曾在四十公顷的岩石地上做过工的农夫而言，在凉爽湿润的马德雷山脉②上拥有一座小庄园不再是痴

---

① 指美墨边境的加工出口区和自由贸易区。

② 环绕墨西哥高原的三条山脉的总称。

心妄想，美梦已经可以成为现实。他心中深藏着一幅美妙的图景：庄园周围有树有水，孙儿们和他牵着手漫步林中，还可以在清澈的溪流里垂钓。在那些漫漫长夜中，正是这幅图景支撑着他，使他的腿带领着他穿越过北部荒漠中那些寂寥的山峰。

帕布洛走向那间泥砖砌成的小屋，屋里的索尼娅已仔细梳好了头，并再次检查了那两盏灯，以确保这两盏——也是仅有的两盏灯在面朝斯莱特溪谷的窗台上亮着。今晚，也许是那个卖苦力的，穿着破裤子、面部表情严肃的小个子男人在某个时候到来，今天轮到他了。他将会饥肠辘辘，身上散发出难闻的气味。而她则会给他些玉米饼，让他在地板上睡，然后照看着他，以确保他在太阳升起之前离开。接下来她会拖地板，并把三间泥砖屋的门窗统统打开换空气。

在上面的主屋里，温契尔·迪亚抬头看了看水槽上方挂的那面钟，此刻是十一点四十三分，离他上次抬头看钟只隔了七分钟。他同时将把两副牌和在一起洗，开始了他晚间第二轮的维吉尼亚单人纸牌游戏。这个游戏极具挑战性，颇受精通扑克牌技者的青睐。

厄尔巴索在温契尔厨房的西面偏北处躺着，在即将圆满的月亮下伸展四肢，依然未眠。在一个卡车驿站坚硬的、沾染油污的站顶上，一个和帕布洛身材一般高、体重多大约两磅的男人正透过水银蒸汽灯，举头遥望空中那轮明月。目光掠过明月，再次仰望繁星，那些星星比他记忆中透过烟雾笼罩的洛杉矶看见的要多。银河在夜空中划下了一条柔软的宽带，他感觉这天河从来没有这么净朗。

“准备好了没，马蒂？你是不是打算你的余生就打发在看天空上？”

“不。”

“什么不？”

“我准备好了。你呢？”

在他的伙伴把零钱塞进钱夹时，马蒂走到一辆奶油色的林肯大陆车前蹲了下来。他小心翼翼，以免弄脏自己那套昂贵的西服和西服下面那件八十美元的白衬衫，身子探进副驾驶座的挡泥板下面，摸了摸用管道胶带粘在引擎支架上的金属盒。

“车下一切正常吗？”

“没错，一切正常。盒子仍然粘得很牢固。”

康尼车开出了卡车停车站，小心翼翼地驶上了 I-10 路，司机脚上的平底鞋用力一踩油门，车子加速了。平底布鞋是特别定购的寇翰牌鞋，宽为 EE，长为十三码①。

“再看看地图，”司机说道，“这讨厌的乡下真让人搞不懂，永远走不到头，感觉好像是在一片混账沙漠上或是外星球之类的地方瞎转悠。”

---

① 美国 13 码的鞋相当于中国的 47 码。

马蒂打开头顶上的灯，展开了一张德克萨斯地图，手指沿着地图上的前方道路路线移动。“我看再往东行驶三个小时，或者三小时多一点，就能到那个叫做克里尔色格诺的小镇了。一直在 I-10 路上开，开到范霍恩①，然后以九十码的行驶速度向东南方向开。”

他从里面夹克口袋中摸出一张纸。“我们得到的这张手写地图上显示，我们要找的地方在克里尔色格诺小镇过去还有二十四公里，在一个叫斯莱特溪谷的地方附近。那里应该有座桥，并有‘斯莱特’溪谷的标记。现在大概有十二点钟了。我们应该在三点左右到那里。然后问题就解决了，每个人都能睡觉了，对吧？”

“关灯，马蒂。这灯太刺眼了，我看不清路。”

“马上关。我正在找那个边境巡逻站的方位，早先我做好了标记……哦，就在这儿，就在 I-10 道上，沿着这条路往前开约莫一小时，在谢拉布兰卡附近。谢拉布兰卡，它的英文意思是‘白色的高山’或者是什么别的，是不是？”

“马蒂，求求你这讨厌鬼关掉这讨厌的灯。”

马蒂折好路线图，卷起手写地图，然后关掉了灯。“一旦我们通过了那个边境巡逻站，我感觉就会好一些。你想过他们会把我们拦下来吗？”

---

① 美国德克萨斯州西部，是卡伯森县的县治。

“他们才不会管我们呢，他们要找的是非法入境的农业劳工，这是别人告诉我的。”

“希望你说对了。我不想没有这些器具，从汽车下面取出来并把管道胶带拉开真不是件简单的事情。”

马蒂扭扭脖子，从副驾驶座的窗口向外望去，想再看看天空，多希望自己能以一种无法企及的方式更多地去感受月亮，在自己乱糟糟的生活中，这种感受月亮的心情似乎随着生命的流逝正在逐渐消失。最近他正考虑信仰一种宗教，这样就可以为自己的生活找个焦点。或许去参加后期圣徒会①，或者参加耶和华见证会②。上个月这两个教派的代表都到他的公寓拜访，并和他谈了谈。他研究了一下他们留下的小册子，但看起来都让人迷惑不解。教义中还涵盖了某些义务约束和誓约，他无法肯定自己能否把义务和誓约融入到自己的工作和生活作风里。

“不管怎么说，把枪粘在车下真是个愚蠢的主意，”他说，并把身子往下滑了滑，这就使得他的膝盖曲起来，而臀部则紧靠在座椅边缘。“如果那些边境巡警和我们较真的话，你觉得这招能敷衍他们吗？狗屁，不可能。这想法真愚蠢，对不对？”

“好了，是别人告诉我们这么做的，我们照章行事就是了。”

---

① 指美国基督教新教摩门教徒的组织。

② 耶和华见证会，是 1872 年由查理·罗素在宾夕法尼亚的匹斯堡发起的宗教运动。

司机上下打量了一番马蒂。“嗨，你究竟想做什么？跳林波舞①还是干吗呢？”

“我在找那该死的月亮。你觉得我还能在这儿干吗呢？把枪粘在挡泥板下方，真是愚蠢的想法，就这么回事儿。上帝，我现在看见它了。好大的月亮啊！你看见了吗？”

马蒂有个很让人不愉快的习惯，不论他正讨论着什么话题，他几乎都是以一个问题来结束，这问题有时需要回答，有时则不需要。这点很让人发疯，因为如果你在他身边的话，你就把一半的时间花在决定是否要回答他的问题上，若有必要回答，就得把剩下的一半时间花在思考答案上。

除此之外，他还有点古怪，但总体而言，他还是个有用的人。他身上最好的品质就是他良心缺失，另外他还是个好枪手。马蒂并没有超常的智慧，但在工作时总是镇定冷酷，从不畏缩，并且看起来对工作总是异常投入。他说，杀人从某方面而言和做爱相似。然而他有个规矩：在擦好枪和上好子弹之前从不进食，这规矩他一直恪守着。

司机思考着马蒂的复杂性情，摇了摇头，点燃一支万宝路香烟，将时速稍微提快了些，努力把康尼车开进了西德克萨斯的夜色中。

---

① 西印度群岛的一种舞。

三

住在德克萨斯州克里尔色格诺镇的每个人，包括那些在墨西哥刺木咖啡馆喝早间咖啡的那群人，都非常清楚温契尔·迪亚不是靠做牛畜生意获得小镇东部那七十块土地的。这个结论源自于摆在他们面前的证据：在得到土地之后，温契尔把放牧权租借了出去，而如果他是一个真正的牧场主，是决不可能这么做的。当然，他在三十头长角牛头上打上了自己的印记，通常将它们看作了一道行走的风景，但宠物并不纳入其中。除此之外，据拥有放牧权的杰克·史塔克所说，温契尔正让一个印第安人擅自占用那块土地。

因此，他们就琢磨出这么些事情，并疑惑为什么古老的 F 地最初就落到这个异乡陌生人手里。然而，的确有人提出，还有些人仍记得，很久以前，这里曾经有个叫迪亚的边境巡警，他的巡逻站就在克里尔色格诺周围，也许这个叫温契尔的家伙和他在某些方面有什么关联。

那群人准备离开墨西哥刺木咖啡馆时，便用抛硬币来决定谁为咖啡买单，这时有个人说道："你知道，F 地几乎在西德克萨斯刚成立的时候就归属康伯乐家了。老法耶特·康伯乐过去常说，他会在五点就骑着装上马鞍的马来到这里，表情兴奋不已，而在离开的时候可能就只带着那副马鞍。但他杀死了几个盗马贼，消灭了瓜帕山的狮子，累得他人仰马翻，才在这片土地上建起了这个农场……这些都全靠他、他的妻子以及那些非法劳工。这个农场从来就不算很辽阔，可从它作为留给后世的遗产来说，四万五千公顷也不少了。他们从瓜帕山挖出了些白银，帮助他们度过了那几年的艰难岁月。”

另一个人接着说道：“可到了第三代情况就变糟糕了，与在牧场做事比较起来，小里克·康伯乐更感兴趣的似乎一直是在鲁伊多索滑雪和在拉斯维加斯闲逛。”

第三个人说道：“有些事情表明，里克放弃F地而离开小镇与拉斯维加斯有很大关系。在利兰德旅馆昼夜无休的扑克牌局还在营业时，他经常到这里来。大家都知道他是个放纵的玩家。有些人在拉斯维加斯碰见过他一阵子，就在沙漠客栈里，我想他们是这么说的，据说他喝酒喝得很凶，总是跟那些出老千的人吵吵斗斗，咆哮怒吼。可即便有上帝在，依然还会有人出老千，不管怕他对出老千这种行为怎么说。另外，以上帝的名义，他还要去为某些人修理运货马车。你们知道的，里克总是头脑发热。顺便问一下，你们注意到温契尔给这个地方重新取了什么名字吗？”

第一个人又说：“妈的，也许你是对的，杰克。我从来没把那些事情联系在一起想。该死，他管它叫两对。这名字有点意思，不是吗?”他边说边在空中比划着温契尔的标志。

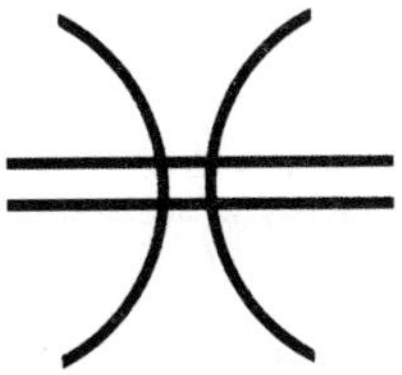

“说起双对,就想到他曾经带到这里的一个女人?”杰克的眼睛向上翻了翻,吹了声短哨,以此表达他对那记忆中的身材模样有多欣赏。“那女人究竟叫什么名字呢……杰米玛、杰奈、杰瑞尔,诸如此类?你猜她多大年纪,也许四十岁?她在这里的时候老穿着克里尔色格诺风格的T恤和紧身牛仔裤,真是协调好看。”

其他人点点头,开始在记忆中搜寻杰瑞尔在菜篮子市场的走道上推着杂货车走来走去的样子。一些推着小车的牛仔似乎总是尾随她或者“偶遇”她,他们互相挤眉弄眼地傻笑着,就像在交换下流图片的中学男生。

第三个人说:“是呀,据说她有一次在选美大赛中获得蒙大拿州①小姐的称号。当然,那时她可年轻多了。”

第四个人说道:“好吧,言归正传,从某种角度来说,对于扑克手来说两对并不算太多,那片土地也差不多如此。那是深井

① 蒙大拿州位于美国西北方,沿着冰河国家公园与加拿大埃尔伯塔省交界。

地域，若想从哪里找点儿什么东西，非得往下凿五百米不可。老法耶特过去常常这么说：'如果我不能从天堂弄到水，那我也得从地狱把水取上来。'”

所有的人都大笑起来，纷纷起身准备离开。

“该死的，很想念老法耶特啊，我猜他是十八还是二十年前得的肺癌。想想看，小法耶特不是在老法耶特去世十年后就死了吗？他是在恶魔峡谷里死去的，被一头正在阉割的畜生踩得稀巴烂。”

有一两个人点了点头。

“那是匹油滑的野马，从前小法耶特也常这么说。他说若不是他了解到更多事情，他是不会让他们阉割这匹马的。那阉马跑回来踩在他身上，鞍头砸断了他的胸骨和四根肋骨，剩下的胸部组织已经无法维持他的呼吸。六个小时后，里克发现他已经死了，马正一边吃草，一边安静地一路拖着小法耶特，他的靴子缠在了马镫上。”

此时，咖啡馆外面的阴影在沙漠阳光的照耀下显得清晰而净朗，他们互相道别，每个人都将帽子拉低。在这样的清晨，他们走着各自的路。而这一天将带给温契尔·迪亚漫长的黑夜。

四

厨房的灯光反射在黑木墙上，部分灯光被墙壁吸收了，这使得光线柔和起来，几乎成了琥珀色。温契尔结束了他的第三局单人牌局，又开始洗牌了。水槽上方的挂钟显示着 12:40，头顶上的风扇徐徐旋转着，每转四圈就会发出嘎吱嘎吱的响声。

温契尔的手指很修长，纤瘦骨感。这双手上虽然长有肝斑，但依然是那般轻巧柔软，如同魔术师的手，他就是用这双手操练着父亲传授给他的古老经典的洗牌动作。他的右手捏着半副牌，左手拿着另半副，将两手牌边对边洗。他的拇指搁在牌边朝向自己，食指弯曲着搭在牌上，其他三根手指在拇指对面把牌抵住。他用拇指弹洗了一下牌，松开，让它们滑成一打。切入，抽出下面半副牌，把它放在另半副之上。然后照洗一次，又再洗了一次。

温契尔能在十五秒多一点的时间内洗四次牌，还包括切牌，整个过程看起来一点儿都不紧张慌乱，非常从容。他对此进行了大量的练习。此时他一边洗牌，一边想着卢辛达，希望她一切会都好。卢辛达是个比杰瑞尔好得多得多的女人，在这样的夜晚里，尤其是像在今晚这样的夜里，他怀念着他们之间曾经拥有的时光。他静静地捻着牌，心里想着是否应该给卢辛达打个电话，看看她是否一切都好。

五十二年前，温契尔和父亲过着一种曲折流离的生活。一九三八年，在温契尔十五岁生日那天，父亲带着他来到了这片荒漠。他们坐在一辆双门福特轿车里，目光穿过里奥·格兰德①，朝着北墨西哥那高耸而又多岩石的卡门斯②望去，傍晚狂风卷起了飞沙走砾，汽车上的金属被刮得砰砰作响。灰尘形成的小旋流喷涌而起，穿过前面的大地在空中盘旋。旋流在形成和旋转中，一边跳着弗拉曼柯舞③，一边迅速消亡。

温契尔的父亲点了根雪茄，抽了将近一分钟，然后夹着雪茄朝墨西哥的方向指去，"墨西哥人基本上是好人，我喜欢他们。他们有一个糟糕的国家，可我喜欢那些人们。"

他又抽了一分钟烟，然后静静地说道："温契尔，我之所以把你带到这里来，就是想和你谈点你的未来，接下来我就要谈这个了。我的意见是，一个人若要安然度过一生，只需要了解三件东西，它们都是以P这个字母开头：手枪、扑克、高速列车。这三件东西会保护你，维持你的生计，且带着你去想去的地方。"

父亲的手伸向前座后面，取出一支口径为点四四的左轮手

---

① 美国和墨西哥之间。

② 墨西哥一沙漠盆地。

③ 西班牙的吉卜赛舞蹈。

枪、三盒子弹和两副未拆包装的扑克牌。那是一支一八八七年生产的雷明顿手枪，看上去它曾被频繁使用过。“牌是新的，手枪曾是我一个朋友的，利奥·道金斯……我想，你听过我提起他一两次。”

温契尔感觉他以前听到过这个名字，可他父亲似乎认识住在那条隔开了德克萨斯和墨西哥的河流沿岸两千公里的所有人。山姆·迪亚总在讲着一个又一个的故事，这些故事讲述的是人们如何共处，而后又如何失去了自己原本独立的特征的问题。也许温契尔就是从那些事件中听说了利奥·道金斯，当他想着这事时，他非常肯定自己记起了一些关于一次失败的骑兵战役的事情。

父亲的话印证了温契尔的回忆。父亲朝西面挥挥雪茄，说道：“当第七骑兵团在华雷斯附近对潘丘·维拉①进行那次有名的暗杀行动时，利奥是唯一遇害的人。这是美国历史上最后一次真实而又伟大的骑兵战役，由汤米上校，一个‘粉色络腮胡’汤普金斯指挥。他们告诉我，那场战役的确非常了不起，开始时打得非常漂亮而又荣耀，后来陷入了一片混乱，利奥的马疾驰奔进了一条灌溉渠，摔断了利奥的脖子。不知那匹马是如何从渠里爬出来的。利奥很擅长修建马道，我可以告诉你，如果他能在这件事上做任何选择，他绝不会选择这种死亡方式。无论如何，我

---

① 墨西哥的开国功臣。

还是从他姐姐那里得到了这把枪，现在我它交给你。这些对于现在的你来说，更多的是残酷，而不是血性，可你终究要成长。”

温契尔在手中翻弄着这把沉重的枪，看着沙漠的夕阳在枪管上反射着光亮，而此时父亲正抽着烟，遥望着墨西哥。

过了一会儿，这个深爱河流、对墨西哥人颇有好感、走到哪里都带着徽章的男人又开口说道：“温契尔，别和你母亲说这些事情。她会生气的。她对枪倒是不介意，枪在这里只是一个男人寻常的工具装备罢了，但纸牌则完全不同了。

“你母亲总认为你应该从事诸如医生或律师这样的职业。她从未真正了解过男人，总是从女人的角度看问题，我想这也是自然的，我现在努力做的事情是让人们理解独立的概念。我生命中的大部分时光都在为政府干活，在这里我告诉你，那不是我们该走的路。而且在大多数层面看来，医生和律师不过是零售商罢了，他们靠的是人们去他们那里寻求服务来生活。

“现在，”——父亲变得健谈起来，语言也更丰富，同时还打起了手势，手势挥过边境又挥了回来，沿着大河、越过了所有可以得出维度和风压的地方——“学习打牌，并且要学得比任何人都要好……这是你谋生的途径。像哈里斯的雄鹰那般自由飞翔，没人可以控制。记住了吗？”

温契尔点点头，心里有一丝困惑，他从未想过以打牌谋生，也根本不确定自己是否希望拥有那样的生活。一直以来，他都倾向于做一个牛仔，或者成为一个像父亲那样的边境巡警，甚至可能还想去做个矿产行业的工程师,就像他在特林瓜汞矿挖掘地看见的那些脚踩鞋带高系的靴子、头戴宽边帽的男人那样。他并不十分了解矿产行业的工程师是做什么的,但他羡慕他们的衣着,羡慕他们手拿图纸指导那些人干脏活的样子。做个矿产行业的工程师有它吸引人之处,可以在户外工作并且能够命令别人。要拒绝这些诱人的因素是比较困难的。

山姆继续说道:"我不是真正的专家,但我还是懂得一些,我先来向你演示一下怎么洗牌吧。然后我再教你不同扑克牌局的基础知识。但是,一个职业牌手的标志是能够轻巧而放松地玩牌,能够让牌舞动,让它们说话,让它们到你想让它们去的地方,做那些你想让它们做的事。

"在你掌握了一半的基础知识之后,我会把你介绍给费恩·布莱奎特……你见过他,那是个样子狡黠的家伙,常在桑德比布特商店游逛。他们称他为丛林狐狸,这样称呼不是没有缘由的。费恩是西南部最了不得的老千之一,他能告诉你在那些坏动作中要注意什么。他总是穿得很隆重,看起来从未为生活而工作过。那是因为他知道别人不知道的事情。当他教会你那些技巧之后,你便能马上认出大部分的老千和骗子。若玩得足够的好,你根本不用出老千,而且你也根本没必要那样做。就像我说的那样,我想要你从费恩那里学的是该当心什么,警觉什么。

"在这里你要自食其力,温契尔。我猜想这就是资本主义,而且，所谓的大萧条①几乎没有结束的征兆。然而，一直有人在赌博，不管时局艰难与否。这看起来不太正常，可却是真的。这和人们对赌博的信任有关：这些人认为自己可以排除万难投小钱赚大钱，可通常他们会在赚大钱的美梦中输掉那点小钱，事实上，他们本可以将这点小钱作更好的投资，并慢慢努力把它变成大钱。"

小温契尔对父亲的话听得云里雾里。这所有的一切听起来像是一个危险的、有点儿骇人的成人世界。这世界充斥着太多的骗子和老千，还有一些粗暴的男人，这些人也许不会容忍借口或缺乏经验的行为。和成为一个牛仔、边境巡警或矿业工程师相比，这种生活听起来更充满了不确定性。

"嗯，温契尔，你是怎么看的呢？"

男孩在十五岁的时候，对头脑和身体的协调还有些笨拙。他咧嘴朝父亲露出了一个半羞涩的笑容，耸了耸肩，又不知到底该说些什么，于是安静地呆在那里。

"那么，你可以试一试，若不行的话，那也不要紧。温契尔，我不是说你必须要按照我说的去做。仅仅给你提供一些选择，这些选择和你正在考虑的选择可能有些不同。"

他们驱车返家，山姆双手紧握方向盘，熄灭的雪茄叼在左嘴

---

① 指从 1929 年开始，大约持续至 1939 年，在北美洲、欧洲和世界其他工业化地区发生的经济衰退。

角。车子在大石块和仙人掌上颠簸前行，温契尔则把手搭在膝盖上，握着手枪仔细研究。

“这是一把装弹式手枪，温契尔。”他的父亲叼着雪茄对他说，几乎每说一个字，烟头都跟着上下抖动。“不像我用的左轮手枪那样可以弹开。每次你扳动旋转弹膛后面的拉杆，就会看到一个弹膛。把枪管下的退弹杆回拉，取出空弹壳，然后你要准备把一粒子弹塞弹膛区。还有一个单独的动作——开火之前得扣下扳机。重装弹药时有点慢，可它仍称得上是有史以来最好的老式手枪之一。明天我们到屋后去，我给演示一下这整个过程。”

温契尔拉开拉杆，往点四四手枪的弹膛里看了看，里面是空的，什么也没有。里面的空间很大，他能将半截小指塞进入口。

他们的房子有四个房间，由泥砖粗糙搭成，这里既是他们的家同时也是边境巡逻站。快到家时，父亲再次说道：“温契尔，赌博时切不可喝酒，这个危险的习性应该戒掉。永远不要在血腥运动上赌博，例如斗狗或斗鸡，斗公牛和狗熊。这些赌博很不体面。

“然而赛马这项运动要高贵一些，可人力难以主宰结果。轮盘赌、基诺①以及其他一些游戏，都是纯粹靠运气取胜的。生活本身就是一种赌博，不要让自己置身于难以驾驭的境地。这些

---

① 一种赌博游戏。

道理我明白得太迟了，这也是为什么我觉得自己始终原地踏步的原因。”

又来了。温契尔早就听说过这些，从父亲那里听过，从其他男人那里听过。尽管措辞并不完全相同，但说这话的声音和感觉、以及那些潜藏在话中未道出的想法是一致的。父亲和那些男人，对事物的感觉往往是他们难以企及的：他们曾经有过梦想，却从未按照自己的梦想生活过。然而，生命中总有限制，每个人在二十多岁时都认为事情会永远那样发展下去，可生活并不以人的意志为转移。

他们走进院子时（如果灰尘、沙子和仙人掌的组合可以算作是院子），温契尔的母亲正从绳子上往下收拾那些洗过的衣服，与席卷着沙砾的晚风搏斗着。一个边境巡警的生活艰难而又孤独，他可能每隔一段时间就得沿着大河巡逻好些天。然而温契尔总觉得母亲的生活更为艰难孤独，至于这艰难和孤独具体体现在在哪里，他自己也难以定义。她的脸庞因为风吹日晒而变得黝黑干燥，这使她看起来比实际的三十八岁更加苍老，但当时所有在高原沙漠上生活的女人看起来都是这样。当然，男人也一样，可在温契尔的思维里，不知为何总觉得男人的沧桑看起来更自然些。

南希·迪亚有时会快乐地微笑或者大笑，但温契尔也会看到她在夜晚凝望星辰，或在寂静的清晨透过窗户凝望遥远的北方。她来自德克萨斯的一个牧场的大家族，和温契尔家族相邻近,她习惯了来来往往的人们的喧嚣与闲聊。他们的边境巡逻站几乎无人造访,除非那个德克萨斯骑兵巡警或别的巡警来接温契尔的父亲,他们一起去某个地方追捕走私犯或者盗贼之类的人。

每两三个月,他们全家人会到克里尔色格诺去购置生活用品。当父亲与各个执法人见面,或者在比各班德武器店和大众购物商店购置弹药、马勒和绳索时,南希就在前街的干货店里察看布料和纽扣。在他们返回边境的路上,她看起来总是特别安静而孤独。车子在沙砾路上蹒跚而行,她不怎么说话,只是透过车上的边窗向外凝视,狭小的裙装衣领使她感觉有些烦躁和难受,目光飘忽不定,随意看看外面可能有什么景色,同时对出现的景象也并不会很不满意。

小温契尔也是孤独的,从那时开始就如此,尽管他自己从未注意到这点,直到多年以后才有所察觉。事情本身及其走向原本如此,抱怨它并不会带来任何好处,即便他曾想过要抱怨。

早饭后,母亲在家里教他三小时,午饭后又教一小时,然后他自己完成其他的练习。他去利奥格兰德捕鱼,用家里那把30—30的鞍座枪打鹿或打野猪,用猎枪打下鹌鹑和野鸭,还搜集印第安人的手工艺术品。有时他骑着马,勘探印第安人的废墟,或者在凉爽些的天气里,望着变幻莫测的浮云,看着它们像河流那般流动,它们流过卡门斯顶端,然后与下方的气流相撞,被气流冲击得再次高高飘起,使得所有的山峦都被遮盖了。

抑或,他会走到房子视线范围之外,坐在一块平坦的岩石上练习洗牌,并思索着这一切多么奇妙:人类被毫无规则的困境所吸引,并对印有数字和图案的纸片突发奇想。更为奇妙的是,在掌握了纸牌技巧,并学会让机会更多地跟着你的想法走的时候,你居然可以以打牌为生。几乎每个星期,父亲都会驾车带他离家,给他演示扑克游戏基本的规则,还有在车座上理牌和发牌的手势。

在温契尔得到手枪和纸牌的六个月后,父亲在一个星期天把他带到了沙漠,让他带上一副牌,并嘱咐他别让母亲看到。"我们要带上点四四口径的那支手枪,这样看起来我们就像出去打一小会儿猎。"

他们来到温契尔平时常去的那块平坦的岩石处,父亲微笑着说:"温契尔,让我看看你玩牌玩得怎样了。"

男孩照父亲说的行动起来,洗牌、发牌、切牌,然后抬头看着父亲。

"很好,我说,事实上是好极了。你还要多进行一些洗牌练习,但就目前的情况而言,你已经做得很好了。昨天我在桑德比特商店碰见了费恩,我告诉他我想让他教你一些东西,他说他很乐意教你。顺便问一下,顺子和三张同号牌,哪种更好?"

温契尔脱口说道:"顺子。"

"两对好还是三张同号牌好?"

"三张同号牌。"

“两对加翻起J好还是一对加翻起A好?”

“两对总是比一对好。”

“两对好还是一对最大的对好?”

“两对。”

“同花顺好还是顺子好?”

“同花顺。”

“在顺子扑克中,第一轮打出大同花顺的赌注比例是多少?”

“650 000 比 1。”

“很好。你可能一生中只能见到一两次大同花顺,所以别太指望无敌手气。在冗长烦闷的牌局中,多数钱都是被手气一般但技巧高明的人赢去的。一次多赚一点点,把今天的所得堆在昨天的所得上去,这是生活中的常用法则,我把它叫做小量增额的价值。

“现在,只抽补一张牌就把两对换成一副满堂红①的概率有多大?”

温契尔总是很努力地去回忆那些特定的赌注比例,并迟疑不定。他抬头望他的父亲说道:“大约……11 比 1 吧?”

“对,可你必须计算得熟练自如,熟练到你可以把注意力集中在牌局的流程上,而不只是在数字上。你在渐渐入门了,继续保持。”

---

① 三张同号牌加一对。

父亲又微笑了："你母亲说最近你的数学进步了，可她不知道这是为什么。我们去商店吧，去找找费恩。我并不赞赏他的道德标准，但他的牌技的确让我尊敬。

"还有，关于费恩，我提醒你一下。他可以吹得天花乱坠并对着树洞低语。他能让你产生这样的思维定势：认为他在一些方面算得上是行家，包括女人、马匹以及用巫术寻找水源。你要把注意力集中在他对打牌的见解上，至于他灌输给你的那些废话，你都应置之不理。"

一九三八年秋天，正午的气温依然达到一百华氏度以上，不过从某些事情的迹象上可以看出，再过一两个星期天气会凉快一些。傍晚的阴影从仙人掌和汤普生丝兰间影影绰绰透出来，晚风一路向北而行，把悬挂在桑德比特商店撑杆上的一面德克萨斯旗帜吹得飘扬飞舞，不时随着一阵尖利的风啸噼啪作响。

当他们来到店里时，费恩正坐在前廊。他斜躺在一张椅子上，靴子搁在围栏上。他正专心致志地研究一只系在金链上的金表，好像世界即将终结，而他正努力计算着自己还有多少时间。

五

温契尔回想起自己的生活时，脑子里的过往就像个故事，仿佛一切从未发生过，仅仅是传说而已。生活就像他人世界中的篝火。一串迂回曲折的虚假碎片串在一起，就像草原之夜燃起一堆篝火。一秒钟后，火堆依旧，可火却已渐渐熄灭。当跋山涉水的骑手们讲完故事，裹紧毯子进入梦乡时，火堆便化成了温暖的灰烬。

温契尔手持面前的牌，洗牌、发牌、理牌，可已不想再玩一轮维吉尼亚里尔单人牌戏。他起身倒了杯水，靠着水槽，从玻璃杯里呷了一口水，又把杯里剩下的水倒进了排水道。然后他从水槽上方的一个橱柜里拿出了一瓶D. C。他斜拿着酒瓶，研究着，还剩三分之一瓶。他倒出酒瓶中两指高度的酒，手持玻璃杯进了桌球房。马上就到凌晨一点了。

距离温契尔西北方向半公里处，帕布洛正在黑暗中穿行，他已经全身脱水，浑身疲软不堪。终于捱到泥砖砌成的小屋时，他的脚步如同一个艰难蹒跚的盲人那般沉重而凌乱。即便在这凉爽的沙漠之夜，这一路跋涉也使得他的衬衫汗湿了不下百次。他知道自己身上的气味比一头在盛夏宰杀后存放了四五天的狮子还要难闻。他轻轻敲了敲西边的一扇窗户，那女人出现了，她移开窗户，伸出手，什么也没说。他将包裹递给她，自己也随之爬过窗台。

她马上开始滔滔不绝地训斥他身上的气味是多么难闻，叫他离开自己的卧室到厨房去。帕布洛注意到，卧室里的气味也并不好闻，弥漫着浓重的性事、莎脱酒和从事非体面劳动时淋漓的汗味。床铺未加整理，凌乱不堪，一只枕头上还躺着个空酒瓶。窗边的桌子上有一支未燃尽的蜡烛，冷却的蜡油挂在烛身上，像是给它穿了条裙子，蜡油还顺着烛台流到了桌上。那个名叫索尼娅的女人热好了菜豆、米饭和煮熟的山羊肉，帕布洛坐在那张涂上了绿漆的桌子旁边。桌子的油漆有些已经脱落，有几道深深的划痕。它被康伯乐家长期使用过，后来又被那些在他家干活的人使用。他喝了三杯水，然后双手撑着头安静地坐着，记不清自己曾在什么时候如此疲劳过。北方之行需要年轻人的体质和意志，而这两样帕布洛都没有。他也明白自己为企业联盟驮运货物的日子很快就要结束了。但他希望在那之前能在高耸凉爽、水资源丰富的塞拉马德雷弄到一小块土地。尽管疲惫至极，可坐在女人桌旁的帕布洛再次强迫自己，把朦胧的希望看作是一个与自己签订的契约，想象着绿树与流水，以此来强化契约的效力。

在一切准备就绪后，他已头枕着交叠在桌上的双臂上沉沉睡去。

女人狠狠地摇晃着他，说道：“老头儿，醒醒。吃了东西，再睡几个小时，然后离开这里。”

帕布洛浑身疲软地把菜豆、米饭和熟山羊肉卷进一张玉米薄饼里，开始吃了起来，他眼睛看着盘子，却不看那女人。她倚着炉子看着他，心里盘算着是否要向上报告，这个叫帕布洛的人每次到达这里后都已疲惫不堪，或许该建议他们找个更行的人来取代他。这地方的执法人太多了——德克萨斯巡逻警、边境巡逻站、毒品强制执法管理局①、州骑兵以及其他警察。他们知道帕布洛正不舍昼夜地向北部行进，索尼娅不希望他们抓住这老头，他会毫无保留地把什么都抖出来。

他抬头扫视了她一眼，目光充满了迷离之气，双手因为疲劳而颤抖着。圣母玛利亚，他看起来似乎即便手里攥着一张玉米薄饼也能睡着，坐在那里一动不动，就好像一座象征田园生活的雕像。

“我已经在你旁边的地板上铺了一条毯子。我会在日出前两小时把你叫醒。”她吸了吸鼻子：“难道你爬到你老婆身上时也这么臭吗？果真如此的话，那你老婆真是个宽容大度的人。”

“我想我是发烧了。”帕布洛说道。

“你需要睡眠，老头儿，仅此而已。”

说完，她便把帕布洛带来的包裹拿进了自己的卧室，随手关上了身后的门。随后她会从包里抽出两盎司来，放到朗莱福山

---

① 美国的缉毒机构：DEA(Drug Enforcement Administration)。

洞里的个人储蓄里，然后把包裹里的货物重新放进一个手提箱。这些收藏品卖给那个住在克里尔色格诺的年轻音乐家。当她把一批新货给他时，他总是在给她付钱时告诉她这毒品质量有多好，价格为每磅六百美元，另外他还得付四百美元把它们打包运到更远的地方去卖给他的朋友。那些朋友吸着毒品，从毫无出路的生活中得到短暂的逃离。尽管这种舒适在片刻之后会将生活变得更糟，但药力带来的魔力会模糊这种转变。

索尼娅会在三天后的那个晚上把两个手提箱打包装上一辆手推车，然后把它们推到横跨斯莱特溪谷交通干线的桥下，存放在一个隐蔽之处。那个名叫诺皮的男人会在凌晨两点开着他的新别克车去那里，他会选好时间，以使荒凉的西德克萨斯大路上只有他那辆车在行驶。他会停在桥上，急速按四次喇叭作为暗号，取走手提箱。他会在原处留下两只空箱子，并付钱给她，然后一切周而复始地进行。几年之后，即使索尼娅把三分之一的钱寄回到墨西哥给她的母亲和妹妹，她依然会有足够的储蓄在克里尔色格诺镇更好的地段买套房子，并能过上体面而又安详的晚年生活。

透过卧室门，她能听到帕布洛的打鼾声，于是厌恶地摇了摇头。他甚至还穿着老式的凉鞋，而其他人都穿低跟旅行靴或帆布胶底运动鞋。这些偷运人①没有一个显露出品味和风度，那些

① 美国俚语，指的是从墨西哥到美国去的非法移民偷运人。

时常过来的盎格鲁人[1]同样如此。对了，那个名叫法兰克林的年轻人除外。他说他曾经是个职业冲浪手，尽管索尼娅并太确定冲浪是个什么职业。在他最后一次来的时候，他对她似乎表现出了兴趣，也许还考虑过未来的某种可能，当然，这一切都只是在他沐浴饭饱后才出现的。但索尼亚不会将交易和愉悦混为一谈，她有自己的原则，而且严格遵守。

索尼娅上好床头钟的发条，调好闹铃，然后脱掉身上的棉质长袍，倒在皱巴巴的床单上。她光着身子，手拿一本杂志扇风。闹铃刚好设到日出之前，可那个名叫做帕布洛的粗野家伙可能还睡眼惺忪，估摸还得叫唤上好一会儿才能把他叫起并让他准时离开她那间贴有墙纸的厨房。

她爬起床，拉开那面朝南窗户的窗帘。显然，温契尔那老头儿依然没睡，因为主屋的灯还亮着，可她已经了解了他的生活方式，知道他是个夜猫子。明天她会给他煮饭、打扫房间、收拾床铺，过去的两年她都是这么做的。她一直小心翼翼地不去碰那把让她不舒服的手枪，它就挂在他床头板的右边。

他是一个奇怪而安静的人，少言寡语，常常把玩牌，有时她在干活时，弹牌、洗牌的声音会从她身后传来。她偷偷注视着他，他的技法让她惊叹不已——手法轻盈，毫不费力。她也对那把手枪困惑不已，不知他是否真会用枪，还是把它放在身边寻求

① 美国西南部北欧裔英语系美国人。

安全感罢了,如同一个攥着毛毯的婴儿,或是一个传统的墨西哥家居女人。

一年前,他把那苛刻而又大嗓门的外国女人扔了出去。那是一场怎样的打斗啊!那女人污言秽语地尖叫着,并声称他应该在把她带到这里来的时候就知道她是怎样的人。

然而,如果综合考虑,并以一种全面负责的眼光来解释整件事情,索尼娅可算占了个大便宜,对此她自己也心知肚明。和前面那个粗野的里克不同,温契尔始终彬彬有礼,叫她做事时也宽厚温和,还经常开着那辆深蓝色的凯迪拉克离开一两个星期,有时甚至一个月,这样她的晚间工作就更加轻松了。她脑海中翻腾着这些事情,在午夜过后才靠枕而眠。卡曼其人的气味依然残留在她的枕头上,她微笑着,想念着他,想着他触摸起来多瘦多坚硬。

但当她开始想着有一天她在德克萨斯的克里尔色格诺镇更好的地段买套房子时,微笑更加荡漾开来。对于一个终年奴颜婢膝、惶惶不可终日、害怕被驱逐出境的女人来说,这是很不错的结局了。直到一九八六年的大赦免令允许她成为一个美国公民,才结束这种生活状态。已经是很不错的了,也许还会比这更好。

六

距离厄尔巴索东南部约九十几分钟车程处，奶油色的林肯大陆轻捷地穿过德克萨斯的考瓦拉小镇。

马蒂手指一处说道："看那边。招牌上写道；'供电并供新鲜鸵鸟肉'。这究竟是什么生意组合啊？嘿，有家便利店还在营业呢。你觉得我们真的已经需要加些汽油了吗？"

"在这里还是小心点好，马蒂。加油站之间都相距非常遥远。注意到没，这六十五公里的路途中，我们甚至不能从收音机里听到颓废音乐①了，什么都听不见，只有静谧。"

"这倒是真的，"马蒂说道，"什么地方在晚上居然连一个电台都收不到啊？"

"这个地方。"司机叹了口气，挨着艾密哥斯商店的水泵将车停了下来。

"我们本应搭航班到厄尔巴索，然后再租一辆车。我们为什么没那样做呢？"

司机打开了车门，说道："马蒂，我们粘在引擎支架的金属盒

① 美国上世纪七十年代的一种流行音乐风格。

里的东西要通过机场的行李安检可有点儿危险。它们还有可能会被丢失。”

“是啊，你说得对。”马蒂正打开乘客座那边的门：“我忘记这个了。但我们在塞拉布兰卡的检查点并没遇到什么麻烦，不是吗？就像你说的那样，挥挥手就让我们过了。你很高兴我是个白人，对吧？”

司机把汽车喷管插入油箱，抬头看了看德克萨斯的夜空，没有回答。他的母亲是墨西哥人，十五岁时生下了他。他对母亲一无所知。她在十五岁出头时越过边境分娩，这样便可以确保自己的孩子成为一个美国公民。然后，她就被遣送回墨西哥了，个中缘由没人向他解释过。他留了下来，由两位远方的阿姨和叔叔抚养。他听人说他的父亲是盎格鲁人，皮肤白皙，在圣迭哥城外的渔船上工作。

马蒂走向汽车前门，伸了伸懒腰，并踮起脚尖轻跳了几下。“我的后背有点不舒服，都是因为这一路的颠簸。我的家人背部都有毛病。你在长途驱车的过程中曾有背部不适吗？”

“马蒂，到那里看看他们有没有好咖啡。”司机没有回答马蒂的问题，把喷管插入康尼车的油箱，尽管泵以最大的速率在运行着，但他还是更用力地压着管子，往里边灌满了油。“如果有的话就给我们拿几大杯来。我想要黑咖，加点糖。”

司机不知道能给贝瑞塔 93R 冲锋手枪装卸弹药的最低智商是多少。这枪的开火是任何人都可以办到的，这点可以确定，否则马蒂老早就失业了。

在艾密哥斯商店里，马蒂正在不停地抱怨店里没有新煮的咖啡。照料店务的年轻女孩嚼着口香糖，斜靠在摆放香烟的架子上瞪着他看，右手随意地拨弄着左手上的三枚戒指。

“你从未想过有些夜行人可能会需要一杯好咖啡吗？”

“我们快要打烊了。”女孩说道，“十五点钟之后我们从不煮新鲜咖啡，这是店主的规定，他说太浪费了。”

“哼，没道理，不是吗？”马蒂被没有咖啡的事实激怒了，女孩漫不经心的说话方式也让他很不痛快。可能是那些话从她嘴里说出来的样子让他不舒服了。司机曾说过，这地方就像该死的沙漠那样人迹罕至、毫无生机，现在马蒂也开始同意这观点了。

当司机进屋拿出钱包时，女孩上前一步，看了看数字显示屏说道：“一共是七元九角。”

“他们没有一点儿该死的新鲜咖啡。”马蒂声音清晰，流露出心里的愤怒。

“十一点后我们不煮新鲜咖啡。”女孩重复着店主的规定，并给司机找了零：“十五分钟后我们打烊。”

“这他妈的根本不讲道理，就是这样。”马蒂研究着钥匙链上的旋转头。

“不需要讲道理。”她一边说，一边把汽油收据撕下来揉成一团扔进垃圾篓。“这是规定，我是照章办事。如果你们对旋转头钥匙链感到困惑的话，那我告诉你它不是真银的。”

马蒂轻蔑地哼了一声："你觉得我会认为一串六十八美分的钥匙链是真银的？另外，我倒是有一串真皮的，配那辆雪佛兰。"他的目光扫了司机一眼，以一种半牢骚半威胁的语气说道："我觉得我们应该把那店主从床上叫起来，看看我们是否能改变规定，弄点儿新鲜咖啡喝，你说呢？"

"好啦。"司机说道，同情地看了女孩一眼："我们来几杯可乐吧，马蒂。给我们弄两杯冰可乐来。"

"可乐一元八角钱一杯。"女侍者慢吞吞地说道。

马蒂的声音从店铺后面的冷库附近传来："好主意。可乐里有咖啡因，就像咖啡一样，对吧？"

他们走出了艾密哥斯，马蒂不停地抱怨这该死的地方(不管这是什么地方)的人们言谈有多可笑，仅仅听他们讲话就让人觉得神经紧张。一群该死的乡巴佬，就是这种人。一个牛仔正往一辆布满灰尘的轻型货车里灌汽油，同时仔细察看林肯大陆，然后踩着他那双破靴子围着大陆车绕来绕去。

"嗨，你知道自己在做什么吗？"马蒂喊道。

牛仔抬起头来，露出一个懒懒的微笑："只是在欣赏你们的车子。一辆这样的车值多少钱？"

司机不知道它值多少钱，这不是他的车。马蒂也不知道。

"很多……相当多。"司机说道。

牛仔咧嘴笑了："在里面放个洗脸台，会是一个很舒适的住处。这肯定比我在乔伊阿街租的房子还值钱。"

“不管怎样,你究竟想知道这些干什么?”马蒂抬头审视着牛仔,牛仔比这着装昂贵的小个子男子足足高出十五厘米。

“没有原因,仅仅出于好奇。以牛仔的工资无论如何也买不起这样的车子。”

马蒂提了提裤子,说道:“好吧,那么,问这些是没有意义的,对吧?”

牛仔的笑容消失了,他低头看看马蒂,说道:“我并没有什么恶意,如果我让你们烦扰了,我向你们道歉。”

他拉长了腔调,声音比那位女侍者的还要绵长,他走回到自己的轻型货车,穿靴子的脚踩到了汽车的踏脚板上,把油泵开到了最大。灌了十美金的汽油后他关掉了喷管,把它挂在了油泵上,然后目送着林肯车慢腾腾地开出了艾密哥斯区域,向右拐,朝着圣哈辛托方向驶去。

“看明白了吗?我们在加油前是不用付钱的。很久没见过了。”司机说道,“等会儿,我他妈的为什么要向右拐出加油站?这条不是大路。”

“可能是太疲劳了,也许吧。”马蒂说道,“如果他们那里有新鲜咖啡,我们会感觉好一些。要我来开一会儿吗?”

司机摇摇头,心想若是让马蒂坐在方向盘后面,那可能是他做得最后一件事情。“不,我会好的。距离克里尔色格诺肯定不超过两小时的车程了。给我开罐可乐吧,我正拐回去……他妈的,这小镇没有岔路。我还以为我能绕着街区开呢。”

马蒂递给他一罐可乐。“妈的，你说得对。那里有个维堪特街区，就往那里开。那里没有岔路，也没有街灯。什么鬼地方既没有街灯也没有岔路?”

“这地方。”司机一边回答，一边以 U 字形的弧度左转，康尼车穿过一个杂草丛生的街区。正当小车的四个轮子就要碾回到圣哈辛托的土地时，从车前传来一声不太响的“砰”。

“怎么了?”马蒂问道。

“我讨厌去想是怎么了。听起来像是轮胎。把手套盒里的那把手电给我。”司机停下车，拿着手电走出车子，正好看到右边的前轮在慢慢漏气。他踢了那轮胎一脚，然后马上就后悔了，用手电照了照自己的平底鞋。马蒂也打开车门，迈出来站到了司机身边，司机正用一只脚站着来保持平衡，一边用一块手帕擦拭着自己的鞋。

“怎么啦?”

司机用手电指了指那轮胎。“就是它坏啦。他妈的轮胎。”

“我不会去换的。”马蒂说道，“我身上的衣服很昂贵。你不会希望我带着背伤，还穿着这么贵的衣服去换轮胎吧?”

“好吧，马蒂，我的衣服也很贵。我的鞋子也挺贵的。现在，我们可以就站在这漆黑的地方，谈论身上的衣服值多少钱，或者我们把这混蛋的轮胎换了，然后接着做今晚要做的事情。”

司机脱下了夹克，把它叠好，轻轻地放在了前座上。他卷起蓝色衬衫的袖子，又把领带塞进衬衫里。他打开汽车后部的行李箱，回头说道：“马蒂，拿好这他妈的手电，这样我才能看清楚。”

“有点灰是吧？”马蒂盯着行李箱看。

“灰尘正是这个州的中名。”司机解开备用轮胎，用力把它拖了出来，靠在后保险杠上。“千斤顶和轮胎扳手肯定在这个塑料包里。”

五分钟后，康尼车的右前部被顶了起来，司机开始拧松轮子的螺钉。马蒂弯下了腰，手撑着大腿：“看，从这个角度你就可以看见粘在引擎支架上的盒子。而且，如果又爆胎了我们该到哪里去找备用轮胎呢？如果我们的轮胎又瘪了呢？”

“我不知道，”司机咕哝着，拿着扳手同一只拧得紧紧的轮子搏斗，“希望不再爆胎，我们顺利度过今晚，早上我们再去修那只瘪了的轮胎。”

“是啊，可我想知道的是，如果在这期间我们又爆一只胎呢？那我们该这么办？”

“上帝呀，马蒂，你能不能闭嘴拿稳手电？”

马蒂一只手抚着背上的衣服，身子向前探去，这使他感到一阵痛苦，于是发出了一声咕哝声，“好了，别生气。你知道我只是随便问问罢了。问一下是没有错的，不是吗？”

一对车前灯从烂泥路上照过来。马蒂眯起眼睛朝灯光看了看，透过灯光可以看见那随处可见的警车轮廓。

“哦，妈的，是警察。”

“什么?”司机说道,拿着扳手站起了身,他刚卸下瘪了的轮胎,正准备装上备用胎。“保持冷静,”他说,“使自己看起来像个当地人。愉快点,别让他有认为我们可疑的理由。”

当警车拐转过来停在林肯车的后面时,马蒂烦躁不安起来。过了一会儿警察才钻出警车,他的收音机发出的劈啪声在空旷的街道上回荡。司机正忙着装备用轮胎,并且已经开始轻轻地拧紧轮子上的螺母。

“你们好啊,”警察说道,下车朝着林肯车走来,“这里有问题吗?”他很年轻,也许二十五岁,穿着制服,头上戴了顶牛仔帽。跟那个牛仔一样,他也是拖长腔调说话,这又一次激起了马蒂的愤怒。

“晚上好。”司机咕哝着,手指拧动着螺母,身上开始冒汗了。可以把车子放下之前,他还得拧上三个螺母,并把它们拧得紧紧的。他重新站了个姿势,这样他的身体就可以部分挡住警察的视线,不让他看到粘在支架上的金属盒。

马蒂看着警察朝他们走过来,对这变故什么话都没说。

司机还剩一个螺母要拧。他把它扔在灰尘里,擦了擦汗,然后静静地说道:“把手电照在轮子上,马蒂,然后闭上嘴。”

“你俩离家很远哪。”警察打开了自己的手电,光束在康尼车上移来移去,他走到车的左侧,用手电照了照座位和雨刮。

“是啊,我们的确离家很远,警官。我们的轮胎又在你的镇上爆胎了。”司机正找着那颗掉落的螺母,它滚到车底下去了,司机四处摸索着，试图把它找出来。

“你俩去哪里？”

“达拉斯。明天我们在那儿有交易。”司机答道，说完后他又怀疑自己犯了错误。他的地理从来就不是太好，况且达拉斯在东边的什么地方他只有个大致印象。

“你俩是做什么生意的？”

“嗯，商业表格……纸张供应一类。”

“如果你们想在明天前抵达达拉斯，那你们怎么不上 I-10道？OI’90 这条路是通向大河的。”

“我想我是搞糊涂了。城市人不擅长在乡村大道转悠。我正和我的助手说呢，我们最好沿直线返回北方的什么地方。”

警察蹲下了身，胳膊搭在膝盖上，看着司机干活。他的手电是麦格丽特牌的，手电光直接照到金属盒下，虽然他似乎并没有注意到那些盒子。收音机在他的警车里像背景音乐似的喋喋不休，他摇摇头。此时马蒂已经踱到了这一边。

“你俩这辆车真不错。哪年产的？”

司机不知道，马蒂也不知道。

“公司的车，”司机答道，手依然探在车底下，在灰尘里摸索着。“挺新的款式。才买一两年吧。”

“我觉得它看起来新极了。里程计显示它才跑了七千公里。”

终于，司机找到了掉落的螺母，立刻将它拧在一个轮子的螺栓上。他汗流浃背，衬衫都湿透了，手上沾满了润滑油和灰尘。他耸起了宽厚的肩膀,用有力的前臂握紧了千斤顶的把手,把康尼车放了下来。他不喜欢这个警察把注意力集中在细节上。

“我需要你们向我出示一下驾照。”警官说道,他的手电光似乎直接照到了金属盒上。他偏了偏头,把光线移得离盒子更近了些。“等等,别动。下面那个是什么,那些粘在引擎支架上的东西?”

司机感觉又听到了一声爆胎声,这两种声音几乎完全一样。紧接着,警察的身子弯垂下来,倒在了他的怀里。牛仔帽掉在司机的肩膀上,揉皱成了一团,麦格丽特手电从警察手中跌落下来。

“上帝!”司机站起身,晃动着轮胎扳手。“这他妈的是怎么啦?”他捡起麦格丽特手电向地面照去,一缕鲜血正从警察的后脑流淌出来。

他用手电照着马蒂,后者正往腰带里塞一支带着消音器的短管手枪。

“马蒂,看在上帝的份上,你他妈的都干了些什么?”

“他看见了那些盒子。你注意到了他在看那些盒子,不是吗?”马蒂说得很快,几乎有些模糊不清。

“我本来可以用我的方式努力和他周旋的,你这该死的笨蛋。他没有足够的理由来搜查。上帝啊,我们现在他妈的该怎么办?你告诉我!还有,以上帝的名义告诉我,你现在拿着那把枪干什么？我们该把所有的装备都放在那些盒子里的。”

马蒂一言不发。一盏门廊灯的灯光穿过街道照射过来，司机可以看到一个人影，有人正透过前窗向外窥视。在德克萨斯州的考瓦拉，所有的一切似乎都是失败的。

“我们得把这狗娘养的弄到看不见的地方去，马蒂。快点，帮我把他滚到后座上去。”

马蒂弯下了腰，拽住警察的脚踝，谨慎地不弄脏自己的衣服和衬衫袖口，同时也照顾到自己的背痛。司机打开一扇后门，抓住警察前胸的斜纹衬衫，把他举起来扔进了后座。

马蒂擦了下手，然后挥挥手说道：“告诉过你我不喜欢手中没有金属器具，不是吗？喂，他会一直流血，流得到处都是，不是吗？血迹可是很难除掉的。他的血把真皮垫子都弄脏了，不是吗？”

“马蒂，闭嘴，照我说的去做，否则我就把你扔到那个警察上面去。把他的牛仔帽捡起来扔到他身边。然后回去关掉警车的灯光和马达。”司机操作着千斤顶，使康尼车四轮着地。他转动着轮胎扳手，上紧了轮子的螺母。完事后，他把瘪掉的轮胎和工具一起扔进了汽车后部的行李箱，然后砰地把门关上。街那边的门廊灯现在已经熄灭了。

他们坐到车里，顺着圣哈辛托朝着九十号公路的方向开，过两个街区就到了。司机的衬衫袖子依然卷起，前臂肌肉紧绷。他向左转，上了九十号公路，在越过考瓦拉东面的边缘时，他们各自点了一支烟。“我包里有一瓶野火鸡①，帮我拿出来，我需要来点酒。”

马蒂转身探过座位，拉开一只黑色皮箱：“在哪儿？我找不到。”

“顶部左边的袋子里，和我的刮脸用具放在一起。”

“找着了。上帝啊，这警察的血流得到处都是。我说过会搞成这样的，不是吗？我们返回市里后他们会说什么呢？”

司机拧开酒瓶喝了一大口，然后重新盖上盖子，把酒瓶塞到座位下面。“我们一找到的合适的地方就把这尸体处理掉。马蒂，你真是个该死的混蛋。”

“别用这种方式对我说话。那个警察是自找的，我就是这么看的。而且我不喜欢他的说话方式，‘你俩你俩’是什么屁话？该死的乡下佬。而且没有人，也包括你，可以管我叫该死的混蛋，听见了吗？”马蒂的声音已经失去了平常惯有的夏日般的单纯，蒙上了一层灰蒙蒙的冰霜。

“是的，是的，我听到了。”司机开始想到马蒂的不稳定性，并且想到这个同伴的腰带里塞着 S&W32 手枪。

他让酒精麻痹自己，使自己放松，然后努力使气氛轻松起来，以弥补他先前对他说的得罪的话。“对不起。只是因为我们手头的事情弄得一团糟，我的神经绷得有点紧张了。”

---

① 波本威士忌的高价极品产品。

“那好吧。只要你道歉了就可以。看看那轮月亮吧。”马蒂身子前倾,透过挡风玻璃抬头凝望苍穹,“你见过像这样的月亮吗?”

“不,我从没见过这样的月亮。”司机说道。他用力踩下油门,整夜的行驶让康尼车已经厌烦了,可这黑夜却似乎越走越长。

七

时间回到一九三八年，费恩那时有着上流绅士的头衔。他说起话来就像个花花公子，衣着也是上好的。套装常系着闪闪发亮的领带，再配上祖母绿的领带夹，脚蹬一双铮亮的黑靴，靴子很适合在高档地毯和抛光地板上行走，但显然不适合在高原沙漠中探险。一般来说，一个职业老千往往会保持低调，通过讲话和着装来表现得普通，这样就不会引起人们的注意。可费恩却把自己装扮成边境附近的勘地里蜡①工厂的流浪推销员，他愉悦地向人们挥手说："大家好啊，很高兴认识你们。"显然，这种伪装极为有效，因为谁能相信看上去美好和善的人会想着在打牌时出老千呢？

除了偶尔离开一两个月外，他一般都在桑德比特商店游逛。没有人能肯定他到哪里去了，可他回来时总是笑容满满的，说着一些诸如"是啊先生，这是一次有盈利的远足……盈利不错，我必须承认"之类的话。

费恩的长相有个缺陷，就是他的左眼有点毛病，出于某些原

① 一种天然植物蜡。

因,这只眼睛有点斜视,当他看人的时候,便会歪着头。这可能带点不祥的意味。然而费恩却把它变成自己部分独特的魅力标志,你几乎会对他感到同情。他把温契尔带进了商店后面的一间房,歪着头斜视着他。

"年轻的温契尔先生,我们先来谈谈扑克的哲学和目的,玩扑克的主要目的和纯粹目的就是牺牲别人,扑克就是这样一种游戏。所以你好好听着,并且牢牢记在脑子里,当需要的时候就把它拉出来看看:残忍和欺骗是扑克能手的两种主要武器。而且,作为一个男人,如果你躺下来倾听自己的内心,就会发现自己或多或少都有这两种品质。"费恩挤了挤眉毛,咧嘴笑了起来。

"玩扑克要有耐力、智谋和冷静,同时还得保持一份有教养的兽性。当你坐在扑克桌前时,忘记那些关乎人性行为之类的东西(他轻蔑地说出了'人性'这个词,好像它是人类拥有的最糟糕的性格特征),忘记友情、慷慨、怜悯、游戏道德。那些东西在牌桌上是没有用武之地的,而且还会破坏游戏的纯粹性,并把它玷污了。扑克并不是友好的游戏。如果你尝试那么做的话,那你的技巧将会变得愚钝、腐烂、枯萎。懂吗?"

温契尔点点头,但不确定自己是否理解了。费恩说的话与他在家里学到的每件事情都迥然不同。

"温契尔,通过你脸上明显的困惑神情我看得出来,我刚才说的话可能和你迄今为止学到的如何待人的思想并不一致。那么这里就有个棘手的问题,就是你要把赢扑克的必要态度,与过一种体面美好的生活所需要的态度区分开。有些人永远无法做出这种区分。可如果你努力去做的话,你就能做到。不玩扑克时以一种方式生活,坐在扑克桌前时便以另一种方式生活。这需要一些实践,但这是可以做到的。”

费恩让温契尔适应一下他的话,然后继续讲下去。“我认识的最善良、最亲切的人当中,塞勒·罗林斯是其中的一个。塞勒从东德克萨斯出来,既和蔼又慈善,就像穿透冬日的四月的太阳,可当他坐在在牌桌前时,你会觉得是一条莫加伏响尾蛇在和你打牌。而在牌戏游戏之后,不管是赢是输,他都会一如从前,要多亲切有多亲切,他会把婴儿放在膝盖上摇晃,并和你谈论天气。”

温契尔记得父亲跟他谈起过塞勒。数年前山姆在克里尔色格诺看过他打牌,他说那是他生命中见过的最精彩的场景之一。“哦,那个塞勒太厉害了,温契尔。他的牌技能让同桌牌手在第一局中就想缴械投降。好像他们知道自己没有获胜的机会,只好决定不战而退。”

费恩拿出一把象牙刀柄的折叠式小刀,开始修剪指甲,不时在刮指甲的空隙中抬头看看温契尔,然后又说了一句话。“温契尔,你只要记住,玩扑克有时和生活一样,那里没有真正的、有价值的东西可以获取,除非有一个或者更多的同桌牌手失去了与你想获得的同样真实而有价值的东西,除非输家体验到了真正的痛苦,扑克游戏才是真正的游戏。如果没有痛苦存在,那你就能确定它不是一场真正的扑克比赛。这就是为什么当你的朋友把家用当作赌资时，你永远不应该跟他们玩扑克的原因。这些你都理解吗?”

的确，温契尔正顺着他听见的话理解，可不确定自己是否喜欢这些话。那些关于痛苦、失去和残酷的事情似乎非常遥远——离吹过仙人掌的墨西哥轻风很遥远，离汗马身上的美好气息很遥远，离鸽子在沿河的柳树上拍打翅膀的声音很遥远。然而他觉得，学习费恩教给他的东西并不会有什么损失。毕竟，他并非必须以打扑克来维持生计。若不出意外，而且他决定成为一个牛仔的话，他最终可以成为西南部最棒的业余扑克玩家，专门在篝火边打牌。或者，如果他成为一个边境巡警的话，他也许可以怀揣着一些美金到桑德比特商店后面的屋子去打打牌。了解费恩所知道的东西不会带来任何坏处，一点儿坏处都没有。

“在我们开始之前还有几件事，温契尔。我猜想你是个诚实型的牌手，可能会以此谋生。你看起来会是那种安静而绅士的家伙，所以我建议你至少有一套好衣服，并且要把它熨得很有型；这样你看起来会像模像样。灰色是一种不错的颜色，因为它不太显脏。

“裤子要系吊带而不是皮带，随处走动时脚上得穿着定制的靴子，因为牌局可能会持续很长时间，你不要让任何东西束缚你，或者破坏你的注意力。把靴子的前部做得稍微宽一些，这样你就会有空间放一把小手枪，一支像柯特式银行家专用的手枪。

柯特枪的枪管只有五厘米长，但是我的朋友，这个世界的扑克房里我们可永远不使用大家伙。希望你永远用不到这支手枪，但偶尔在路上会有些相当阴暗的事情。让靴匠在你靴子的右侧内层缝上一根小小的皮吊索，作为你放枪的地方。”

费恩探下身，从靴子里拿出一把掌心雷①枪。“这是我的备用物，一支41三型的掌心雷。我已经习惯它了，它好用而又轻便，还有许多诸如此类的优点，胡桃木把手配黄铜枪身，很是养眼……至少我那只正常的眼睛看上去很舒服。它让我躲过了几次危险。然而我担心只开一枪可能不够。所以，尽管我对掌心雷比较偏爱，我还是推荐你使用更重一点的家伙。

“现在，我们坐到桌子这儿来吧。让我来玩上几手，给你演示一些。你爸爸说你对顺子扑克和常规扑克掌握得相当好，所以我们就从这里开始。首先从顺子扑克开始，现在基本上没人玩这个了，可玩玩还是有好处的，它可以用来解释一些特定的牌局情境，而不必通过复杂的理论来说明。”

费恩给小温契尔发了五张牌。“对赌局的轮数我们忽略不计，温契尔，直接进入摊牌环节，就好像我们已经完成了下注环节那样。你拿到了什么牌？”

温契尔摊开了五张互不相配的牌。“什么都不是。垃圾。

---

① 美国费城人 Henry Deringer 首创的小型手枪，极易隐藏携带，通常有一到两根枪管。

一把臭牌。"

"嗯,我有一对 4,不算好牌,不过我赢了。"

费恩又开始洗牌,一边问温契尔的家庭学习如何,最喜欢哪些课程。当男孩回答的时候,费恩开始发牌。

"让我们来看看你这次拿到了什么牌,温契尔?"

"稍稍好一点儿,三张同号牌,三张 9。"

"太糟糕了,我手里拿着最大是 Q 的顺子,这样我就比你好一点。"费恩摊开了五张不同花色的 8、9、10、J 和 Q。

第三把:温契尔抓到的是最大牌为 J 的同花顺,费恩则凑成了一副满堂红,三张 K 加一对 7。

他咧开了嘴,向温契尔露出了一个貌似痛苦的笑容,说道:"抱歉,K 的满堂红。也许我们玩下去你的运气会慢慢好起来的,孩子。看这儿,也许你会喜欢凑近点来看看我的掌心雷。"

他把枪打开,取出弹药筒,再把枪合上,然后把它递给了温契尔。洗牌、发牌,第四把。

"情况有好转吗?"

温契尔放下掌心雷,拿起牌,然后微笑起来:"好一点儿了。"他摊开牌给费恩看。

费恩再次挤了挤眉毛:"哦,四张一样的,还是 J。非常好,的确很好。尽管还不够大。"他给温契尔摊开自己的牌,从 6 到 10。"顺子,最大的是 10,你不会经常能见到这把牌吧。

"我再发一把牌,然后我们稍微讨论一下。"

费恩一边洗牌一边谈论着天气，说天气不久就应该会凉下来了，问温契尔是不是也这么想。温契尔同意他的看法，说感觉天气会转凉。除了天气将要发生变化之外，他还感觉到有一些其他的事情将要发生。

当温契尔拿起自己的牌时，他简直不敢相信：一副顺子，正是刚才费恩的那把牌。

费恩注视着他："我还没看到你的牌，可我猜你对自己手中的牌感觉非常好，温契尔先生。没多少牌能打败你的最大为10的顺子"——当费恩摊开自己的牌时，温契尔难以置信地眨了两次眼——"除非是一副大同花顺。"

他展示了红心A、K、Q、J和10。赌注比例是650 000比1，而费恩做到了。

"此刻你的感觉如何，孩子？"

"像被一头布莱默公牛踏遍全身，这就是我的感觉。"

"嗯，从某种意义上来说的确如此。首先，我通过大量的唠叨和让你看我的枪分散了你的注意力。你一直在看我那把掌心雷或思考着我的问话，并且一直在说话，而不是看我洗牌、发牌。

"现在，我要说的第二件事情是你那点好奇心，你对自己拿到的牌感到奇怪，并且奇怪为什么我的牌总是比你的好一点儿。也许你有点儿怀疑。你想指责我出老千吗？那可能是大多数人的第一直觉。"

温契尔什么也没说，冷静地坐在那里注视着费恩。

"小子,你刚刚做了一件非常明智的事情,就是把嘴闭上了。指责一个人出老千时火气很快就上来了,通常紧跟着的就是拳头、刀子或是枪。

"另外,你如何证明别人出老千了?除非你能跑过去从他的袖子里掏出一张A来,或者抓到他在某些牌上用拇指画线做记号——这是只有二流骗子才会用的粗鄙招数。要抓到职业牌手出老千可就难多了,实际上那几乎是不可能的事情。如果你感觉有人在出老千,那你最好礼貌地从牌桌边站起身离开。"

"你是怎么出老千的呢?"温契尔问道。

"哇哦,不必这么快的。在你学会二流老千耍的那套不那么高雅的招数之前,你是不能识别出复杂套路的。你没有赌金,而且一段时间内你不会去玩高赌金的扑克;在高赌金、无限制的牌局中,你才会发现真正的行家,有的人诚实,有的人则不然。所以我们就从基础部分开始,从更为低级的技巧开始,你很可能会在小城镇的扑克房、联谊组织,或在那些工作中赚不到什么钱的人举行的集会中看到这些伎俩。"

讲解就从这里开始了,当费恩不在大路上游逛的时候,每周六他们便在一起玩牌。他从向温契尔展示那些被他称为粗俗招数的技巧开始,并且费恩似乎对每样招数都有鲜活的例子,他从自己带到店里来的一只手提箱里取出那些工具。箱子里有从所谓的魔术师工具屋里弄到的、有标记的牌,牌上用稀释苯胺着了色,以作掩饰,这样就可以稍稍改变多数牌上的花纹样式。蜜蜂牌的纸牌背面的菱形尤其容易做手脚。

费恩向他展示:一种几乎不可分辨的钟面暗码如何在自行车牌的扑克上做手脚——九点钟的记号便是9,诸如此类。他继续讲下去,给温契尔展示其他更复杂的标记技巧,例如用砂纸磨牌,并且在每一种技巧的讲解中,他都会告诉温契尔如何认出那些标记。如果不一次次温习,要认出那些标记可真是不容易。而且一旦你看见了那些记号,你会奇怪自己为什么没有立刻发现。

接下来,费恩又讲到了用来藏牌的机械装置和特别的口袋,还有被称为"一瞥"的小镜子,这些小镜子可以固定在咖啡杯上或者粘贴在一根香烟的末端,这样老千就能在发牌时看到牌面。

费恩不疾不徐地为温契尔搭起了老千体系的框架。温契尔花了两年的周六下午时间来消化这些内容。第二年学习了更为高级精致的技巧,其中包括隐约难辨的洗牌动作的学习,例如从丢牌和整齐堆叠的一堆牌中拣出某张牌,或者在切牌时把牌弄皱或弹开。

在每一次的教学中,费恩都对温契尔只观察技巧的做法表示不满。他坚持认为温契尔应理性地将这些动作熟练化,并不一定要达到专业水平,但也要足够好,这样他就能理解在残酷的扑克世界中可能会面临什么。

"你要能熟练地辨别出别人手中的牌,温契尔。那就是暗示,这些暗示能告诉你对手的所思所行。老千和诚实的扑克手都会用这个,有的是从牌的外观和手感来判断,有的则从对手在特定时刻的身体姿态来判断。”

这些动作花费了温契尔数小时来操练,其他动作则花了他几个月。第二张发牌法很难,但他学会了从声音的差异中辨别,发第二张牌时发出的刮擦声比正常的顶部发牌声略响一些,因为第二张牌既和第一张牌产生摩擦也和下一张牌产生摩擦。费恩还给他展示什么是暗示:除了一流的第二张牌法发牌手外,所有的发牌手都会在发出那张牌时改变拇指的动作,这就是暗示。

弹洗,拥有一流技巧的牌手能在洗牌过程中通过弹牌来安排好牌,掌握这一技巧尤其困难。温契尔从未将这门技巧运用到让费恩满意。这便成了他的个人挑战之一,多年以后,在他二十多岁时,他终于可以操作得相当熟练了。

每隔一段时间,费恩就会提到“以假象唬人”这一问题。“这一技巧在小赌注的牌局中没有太大用处。人们没什么可输,你就很难以假象唬人。只有在大赌注或无限制的牌局中,以假象唬人才能真正发挥它的威力。特别是在无限制的牌局中,你根本别无选择,只能不时使用以假象唬人这个招数。

“但只有在恰当的形势下才能用,也别以为来一次以假象唬人就能赢走所有的赌注,可能在面对水平更为低下的对手时你会经常这么做,你别让人家把你踩扁了。有时甚至仅仅让人感觉你可能在以假象唬人也是一种好办法,这就可以让其他家伙走在笔直而狭窄的路上,而且排队依次这么走下去。如果你从不以假象唬人，那你永远不会对别人构成威胁。但是，要选准时机，在使用这个招数时要小心谨慎，因为如果你用的次数过多，别人就会发现，而这个招数就完全失效了。而且打以假象唬人的牌，一直要像拿着一手好牌那样去打。”

然后又学习了下注、加注和钱款管理策略。费恩似乎在这些方面不是特别擅长，不如出老千方面那样擅长，这使温契尔感觉有些费解。

他谨慎小心地问了一个一直困扰自己的问题：“费恩先生，如果一个人真的知道如何把牌打好，那他为什么还需要出老千呢？”

费恩思索了一会儿，透过这个男人的脸，温契尔看到一种复杂的表情，里面包含着悲伤，还夹杂着某些他无法识别的神情。费恩拨弄着自己领带上的祖母绿领带夹，拉直口袋里的那方手帕，然后取出金表并研究了起来。

终于，他抬头看着温契尔，说道：“我想这可能是一些人的天性，温契尔，和某些来得快也去得快的东西有关。诈骗是刺激的，也许吧。另一方面，也许只不过是因为懒惰和贪婪在作祟罢了。

“孩子，我得走了，明晚前我必须到达圣安吉洛。”他站起身，向温契尔眨眨眼，然后微微一笑，像温契尔认识他以来的无数次那样挑挑眉毛。“有场牌局，还有一位女性朋友在那里候着我，一个男人在生命的中老年时期还能要求更多吗？

“还有，我认为这是你跟随我学习的一个总结了。我能教的都教给了你。对于真正的牌局你现在还只是个门外汉，当你真正开始为赌钱而打牌时，你就会觉得这不仅仅是在消磨时间。当你穿着最好的衣服坐在牌桌前时，你获得的经验是无可比拟的宝贵。我再没有其他更有价值的东西可说了。”

费恩从口袋里掏出了五张一美元的钞票。“这是你的第一笔赌金，别用什么感谢的话来侮辱我。五美元在这样的年代里是一个边境墨西哥人一个月的酬劳，对任何人来说也是一笔不小的生活费，所以要把它抓牢了，让它生出更多的钱。把我说了一遍又一遍的话牢记在心：当你遇上一个绝对一流的牌手时，你将会，将会永远无法确切地知道他是否在出老千。但记住我教你的话，你会有一种感觉，感觉哪里不对头。这时候你应该将赌资兑现，然后离开……礼貌而又迅速地离开。”

然后他笑了，把头歪向一边，向温契尔挤了挤眼睛。“小心那些使用弹洗和第二张发牌法的人。碰上这样的人就起身离开，就像我现在正在做的那样。只要走开就可以了，温契尔。另一个牌局总是在什么地方等着你。”

吉娃娃①生产地那边的尘土又飞扬起来了，傍晚的太阳正朝着卡门斯的方向下落。费恩左手提起一只毡制手提包，另一只手给了温契尔有力的一握，说道：“你是个好孩子。牌打得好，打

① 一种产于墨西哥的狗。

得干脆。你不用依赖那些可笑的把戏也能打得很好。是的，年轻的温契尔先生，你会打得很好的。你不仅聪明，而且还是个德州人，德克萨斯一直都出全世界最棒的扑克手。”

他把一顶棕色软呢帽恰到好处地扣到头上，穿过了桑德比特商店的前屋。他在收银台买了三根雪茄，迈出门廊，然后朝一百米外、只有一间屋子的临时火车站走去，他边走边看了看金表。

在温契尔看来，这个年迈的老千似乎比他们第一次碰面时更矮小了。部分原因是因为温契尔在过去两年里长高了十二厘米，现在他已经一米七八，比费恩高了十厘米。而也许另一部分原因，他想，就是一个人在学到了老师所知道的东西、而老师再没有更多的东西教你的时候，就会感觉到老师的矮小，这是一种奇妙的感觉，这种感觉融喜爱、感激和逐渐消亡的光彩于一体。出于某些原因，温契尔觉得自己需要去给他送行，于是就走向车站。

和往常一样，费恩踩着点到达火车站，就在火车将要出站、轰隆隆朝北驶去的两秒钟前登上了火车。车站前有一些运输贡矿石的车，还有一辆普尔曼式客车加货车。费恩正站在货车站台上，当他看见自己的学生前来目送他离去时，便朝他挥挥手。

在一百米外的轨道上，飞扬的尘土包围了火车。但有那么两次，透过卷起的尘漩，温契尔看见费恩正靠在火车的铁栏上回望着他，也许是回望边境，也许是回望着生活本身。此时此刻，隔着遥远的距离，费恩看起来是那么苍老，已经没有温契尔曾经感觉到的那般优雅而尊贵，最多只有某种自命不凡的小人物的庄严自尊。

五天零两个小时之后，从圣安吉洛传来费恩被枪杀的消息，他在一场无限制扑克牌局中被人用枪打死了。传闻中说起因是第二张开始发牌之类的事情。传闻还说，费恩当时正倾身去拿靴子里的掌心雷手枪，可已经太迟了。

那是一九四〇年，温契尔听到这消息时才十六岁。第二天他就迈向了十七岁，当天他去了那块平坦的岩石处，在那里练习第二张发牌法，以此作为一种对费恩的哀悼，同时也是向他自己已经拥有和尚未拥有的品质的致辞。

费恩是对的——当你抽出第二张牌时，这张牌和另外两张牌摩擦时发出的声音异常柔软，如同耗子在墙角发出的声音。但如果你懂得倾听，它听起来依然纯粹而清晰。

八

当温契尔通过以假象唬人的方法，从一个名叫里克的愚蠢而又年轻的牧场主那里赢得了“两对”农场时，印第安人已经回到恶魔峡谷居住了六个月了。温契尔是从一个牧场主那儿头一回听说他的，牧场主就是那个向他租借“两对”放牧权的人。

“你知道那个印第安人，对吧？”杰克·斯达克曾这样问道。

“什么印第安人？”

“就是住在你后面的峡谷里，相距十公里的地方。他已经在那里住了一段时间了，具体多长时间不清楚；也许到现在他已经取得了合法居住权，尽管我怀疑他是否关心有没有居住权。老法耶特和小法耶特，他们中的任何一个还在的话，都已经把他赶走了，迅速而又决绝。可小里克似乎并不在乎谁来到、谁离开这片土地。”

“那个印第安人是如何到这里来的？”温契尔问道，他感觉到了杰克方才那番话中隐含的对他的批评。

“不知道。我怀疑他有时狩猎幼兽。男孩们告诉我，商业区的艺术品和手工制品购物中心里出现了一些鹰的羽毛，但没有人能说出它们来自哪里。而且我有一段时间没看见这里的悬崖上出现墨西哥鹰了。那可能就是他的经济来源。峡谷里没有草也没有水，所以他没什么可贮存，我同样如此。我只见过他一次，而且还隔着一段距离。他是那种看起来比较坚硬的男人。我只是想，你应该意识到他返回那里的事实。”

自他拥有“两对”以来，温契尔从未见过那个印第安人。在杰克提起过他之后，温契尔曾两次将那幅买了九年的画装上马鞍，骑马回到恶魔峡谷，途经坐落于瓜帕山南面坡上的拉·塞拉旧银矿，这所银矿被废弃五十年了。第一次去时，他下了马，从拉·塞拉的主要隧道摸索进了山里，小心翼翼地走过运矿车曾碾过的横木，并警惕着蛇，每当六月那炙热的太阳把光秃秃的沙漠炙烤得像窑房那般炎热时，那些蛇尤其喜爱这隧道里的阴凉和黑暗。

进入隧道十二米深处，第二根水平轴出现在他右边。再往前十米，他的手电照到了横木的末端以及横木下方的地面。温契尔在纵轴边蹲下身子，往黑暗处扔了一块石头，然后侧耳倾听石头坠落地面的声响，可什么也没听到。他找了一块更大的岩石，再次扔了进去。这次大概过了两秒钟，传来了石头敲击地面的微弱的声音。显然，这根轴至少长达三十米或更长一些，那块石头如同被扔进了瓜帕山的腹中。

这座旧银矿给温契尔一种不安宁感，于是他朝着亮光折了回去，骑上马向恶魔峡谷方向驰去。在峡谷深处，离三十米高的火山口不远的地方，他发现了一个用帆布和木头搭成的棚子，顶部覆盖着松枝。那里所有的迹象都表明，有人在居住着，里面有使用得发黑的厨具、毯子，一只陶罐里还雅致地插上了新鲜的报春花，但不见印第安人。他友好地喊了几声，希望印第安人会出现。然而什么也没出现。

但大约每过六个月，温契尔就会发现自己房屋后面的沙漠红柳上挂了一扇鹿肉，在清晨的微风中轻轻摇晃，并逐渐招引苍蝇。这是某种形式的租金，他想，于是便一直这样下去。印第安人没有打扰他，他也没必要去打扰印第安人。

彼得·朗·格莱斯对这种状况颇为满意。二十年前，翁蒂德尼联邦军队攻打这个地方后不久，他的理想随着美国印第安人运动的失败而彻底破灭，然后开始了漂泊的生活。在旧金山做了三年码头工人；因持致命武器袭击他人而蹲了两年内华达监狱。起因是一个牛仔侮辱了他，他便用一只破啤酒瓶以牙还牙；后来他又在一艘商船上当了七年普通水手。生活在继续，彼得的生活也在继续，他日复一日地被一种模糊而无力的狂怒撕扯踢打，这种狂怒既无法诉诸语言，也无法彻底从内心驱除。

三十个月前，他爬上了一条西德克萨斯的大路，开始思考着环绕在他周围的开阔乡村，这些乡村延绵不绝至数百里之外。他攀过山脊，俯瞰峡谷，直到他找到美国国土上的这块荒漠之地才止步。在峡谷入口附近有一处火山上的冲断层，正是他的祖父说起过的那种。

这意味着此处有水。九月份他长途跋涉进入墨西哥，在那里干了些盗窃的事情，还做了苦工，所以这卡曼其人已了解到这种岩石的功能类似于储水器，在干旱的年头还得依靠它。彼得几乎爬上了冲断层的顶端，他研究了一下裂缝，看看水是如何在雨季里流泻而下的。他沿着水可能流过的路径，第二天就找到了水。底部上方两米半处有一个突出物，在它下头是一汪半米深、一米见方的水潭。他从水潭里喝起了水，然后微笑起来；水比他想象中的还要清凉，这意味着上冲断层不仅聚集了雨水，而且在岩石内部的某个地方汇成了一股清泉。

彼得步行了二十多公里前往镇上，花费了大部分余钱购买日常用品。下个月他得跑六趟才能安置好他的营地。他没钱购买武器，也无法购买，因为重罪的记录和身份不可能通过检查。所以，整整一昼夜，他都蹲在火堆边打扑克，努力回忆祖父跟他说过的每件事，以及展示给他看的那些古老的方法，祖父曾告诉他如何利用手中的材料来制作矛、弓和箭。记忆出现了一些漏洞，但他努力回忆着一些事情，直到他的记忆飘满了祖父悠远的吟唱。同时他的手不停地实验着制作工具的技术。最终，他把矛磨得笔直，上紧了弓，五支插上羽毛的箭在四十米之内可以百发百中。

一直茕茕孑立、形影相吊，且以一种古老的方式生活着，他拉上鹿皮帘子，回到毯子里。拥有这片牧场的那个老人似乎并不在意他。尽管彼得同样不在意那个老人，可为拥有在此居住的特权付些钱还是合乎情理的，没有别的原因，唯一的原因就是这么做是正确的。所以每年都有两次，他会精神饱满地穿过沙漠之夜，把鹿肉挂在牧场房屋附近的沙漠红柳上，让它在清晨的微风中轻轻飘摇。

他注意到了这片土地西边的那个山洞，在瓜帕山的山脚附近，尽管他不知道那洞穴名叫朗莱佛①山洞，也不知道取这个名字是因为四十年前法耶特在那里发现了一具骨架和一把枪。山洞入口是深两米的纵向通道，但有人在那里放了一把用树叶和生皮制成的梯子，梯子直抵洞底。再往下深入几米，便接近了一条隧道，宽度只比印第安人的肩膀宽一点点。

在对恶魔峡谷的这一小片地方提出居住权后的第七个月，彼得翻过山脉去探测那个洞穴，希望能找着一两个古代箭头，以此完成他这些年来一直想画完的那个圆。他在洞底处搜寻，可除了一只生锈的啤酒罐子和一个薯片塑料袋之外，什么也没找到。其他来寻物的猎手也来过这里，并且留下了来过这里的痕迹。

黄昏前一小时，他爬出了山洞，并开始准备朝瓜帕山攀爬。这时他听到一些岩屑掉落下来的声音，于是返回到地面。一个墨西哥女人正从山脚下沿着小道上来。尽管天气依然和暖，可她还是搭了件瑟拉佩②。在洞口处，她把披肩向上一拉，然后从身后扯了下来，彼得看见她腰上系了一只包裹。女人走进山洞，

---

① Long Rifle，长枪的意思。

② 墨西哥及一些中南美国家用作披肩的彩色毛毯。

在里面呆了几分钟就出来了，腰间的包裹也不见了。她掸了掸身上的灰尘，站在原地环顾了一下四周。

“你好啊！”彼得说道，从一簇沙漠玫瑰后面站起身来。

女人转过身来，由于惊慌倒吸了一口气。她咕哝一声，似乎想说什么，可终究什么都没说。她揣摩着他，他也揣摩着她。

“你是谁？”她最终开口了。

“我是彼得，你呢？”

她继续目不转睛地注视着他，什么也没说。他显然看得出来，她曾经有着秀美的容颜，也许还很漂亮。尽管她的脸上有岁月的风霜留下的痕迹，尽管她比彼得所认为的颇具吸引力的形象胖了三十磅，可从某种角度看来，她依然让人赏心悦目，甚至当汗迹在她浅色裙子上浸湿了一片时，她看起来依然姿色不凡。从她的站姿，以及她注视着他的举止中透出的某种自信可以看出，她似乎一直就被男人环绕，一直就了解男人的所思所行。这点并不困扰彼得，因为他周围也曾经有许多女人，也相信自己很了解女人的所思所行。

“我是索尼娅，为牧场主打工的。”

“我住在恶魔峡谷里。”彼得说道。

“你住在那里有多久了？”

“有一段时间了。”

“他知道你住在那里吗？”她朝牧场房屋方向轻轻偏了偏头，虽然那房子是在山脉附近，并不在视线范围。

“是的，他知道。”

“你就住在那里，仅此而已？”

“是啊。我靠打猎来获得我的多数必需品。你为他做些什么？”

“给他煮饭，打扫卫生。”

她朝印第安人后面看去：“我们站在这似乎很蠢。我在炉子上热了晚饭。你想吃点什么吗？我住在东边的一公里处。”

彼得用舌头舔了舔脸颊内侧，抬头看了看二叠纪盆地的低凹处，盆地在索尼娅身后延伸数百里。那儿什么都没有，没有家园，也没有长期生活的痕迹。他能看见一辆孤零零的半拖式卡车在 90 号公路上向西行驶，朝着厄尔巴索或别的什么地方驶去。除了厄尔巴索，别的地方对他来说根本无关紧要。

他再次看向女人，说道：“有东西吃当然好。”

“我们必须等到天黑。他能从牧场主屋看到我的砖瓦房，可能他会不乐意我们两个到那里去。”

“我明白。”

他们在山洞口坐了将近一个小时，抬头望着延绵不绝的干燥盆地，几乎没有说话，这一点对彼得而言并不困难，因为他已经和沉默，或至少和类似沉默的东西生活了很长时间，那是数年的沉默。女人抱膝而坐，瑟拉佩整齐地叠好放在身下当坐垫。对女人在山洞里做了什么以及她留下了什么东西在里面，他们只字不提。

不论是什么，总会有时间把它找到，印第安人心里想着。

他永远都找不到，索尼娅心里想着。

她朝东北方向指去，说道："看到十公里左右的地方那圈像公路一样环绕着短剑山的东西了吗？"

"看到了。"

"那就是被称为卡曼其大道的遗迹。卡曼其人侵入墨西哥时经过这条道。据说他们是一群优秀的、难以对付的骑手，使所有印第安人望而生畏。"

彼得点点头，研究着祖先的踪迹。

"我不知道他们为什么叫做卡曼其。"她说，开始攀谈起来。

"是尤提——卡曼其亚起的名字，意思是想一直战斗的人。"

"你是怎么知道的？"

"我是卡曼其人。"

"你想一直战斗吗？"

"不。"

往北几公里的地方，戴威斯山已经变成了蓝色，然后慢慢融进了紫色，和暮色即将交融在一起。

索尼娅站起身，说道："我在这里有时觉得很孤单。"

"我也是。"彼得回答，"这是一个让人感觉孤单的地方，它就是为孤单设计的。"

他们沿着地面凹陷处的一个又大又脏的槽状物边缘，朝着砖瓦房走去，槽里汇聚了山上流下的水，在底部蓄满了小小的一潭死水。

女人把瑟拉佩搭在左臂，走路时被绊了一下，她疾速向右边迈了一步以保持身体的平衡，这时彼得扶了她一把，她的脚落在一丛豆科灌木附近。灌木丛下面立刻出现了声音，仿佛干枯的树叶在秋风中飘扬、旋转的沙沙声。

“远离那灌木丛。”他静静地说道。

“为什么？”

“我们的一个朋友在那下面，我想。”他抬起右臂放到胸前，手掌朝下，然后轻轻放下。“他没有恶意。和我们所有的人一样，他只不过想独处罢了，当然，在独处变成孤单时情况就不一样了。”

当他们走过那丛灌木时她回头看了看：“你为什么那么说……想要独处？”

“在这大千世界里，不是许多人或事都能让你的生活变得更为平静，而且在大多数情况下，事情反而朝着其他方向发展。某种野蛮的行为方式已经逐渐滋长，我可不想沾染这些。我身上已经有太多坏东西，已经成了这个世界中的一个逃亡者。”

他一边说，一边拔出了自己那把十厘米长的小刀，熟练地切下了六朵黄花的花茎，然后把花递给她：“这些花是夜来香，在其他地方也管它叫晚烛花。我的祖父曾经告诉过我，这花的油能帮助治疗割伤和瘀伤。”

后来他发现了一条绕着栅栏的小路，那些栅栏包围着牧场主屋，这样就不必翻过瓜帕山，也能到达索尼娅居住的砖瓦房了。这样很好，因为接下来的两年他大约每周都会到砖瓦房去，而以前他绕着栅栏朝恶魔峡谷去的时候总是很晚才到。爬瓜帕山是一件很困难的事情，当你疲惫的时候，当你依然因为喝了莎脱酒而头晕目眩的时候，当你依然能感觉到索尼娅带给你的温柔感觉的时候。她精准地从你身上取走她想要的东西，然后又刚柔并济地将你想要的东西回馈给你。当她的呼吸变得短促虚弱的时候，她会开始向你轻诉晦涩难懂的话语。

在那第一个夜晚，她一直等到印第安人离开，然后在黑暗中返回到山洞。只有当她在山洞里时，她才会点上一盏煤油灯笼，并用灯笼的把手把她的包裹从一块岩石后面扒出来，这地方已经被她挖空了。这里成了她多年的贮存之地，可如今不能再用了。向西五十米处，一块岩石的边沿向外突出。在灯光的照射下，她用一把铲子铲着凸起处下面的土，直到铲出了足够的空间来放包裹。她把包裹装进一个塑料袋里，结结实实地将它塞进去，然后重新把石子和泥土覆盖上去压平，接着用一根香柏枝把灰全都掸了上去，掩盖掉自己来过的所有痕迹。没有一丝痕迹，即便卡曼其人也无法发现任何痕迹，她想。她对自己完成的这一切甚为满意，于是转身向东朝砖瓦房走去。

九

菱背响尾蛇找到了兔巢,而巢里却空空的。数分钟前,三头郊狼偷偷潜入这里,将它洗劫一空,把草丛里那些有温度、带毛而又充满生命力的东西全都吞进肚里。它们甚至抓到了母兔,那只母兔舍不得抛弃自己年幼的孩子,所以在里面呆了很长时间,最终被郊狼们的三角形包围阵搞得晕头转向。菱背响尾蛇犹豫了一下,然后拖着二米长的身躯向西北方向的牧场房舍爬去,仍旧要去捕猎。有时,在房舍地基附近的草丛里会出现一些耗子。

温契尔曾经两次见过这条蛇。然而,尽管他和多数德克萨斯牧场主的做法一样,杀死了任何一条经过这里的响尾蛇,可既然这条大蛇已经活了这么多年,也就应该再活得更长一些。只要它远离房舍就行。他看见这条菱背响尾蛇都是在傍晚,在离房舍一公里处的牧场道边。曾经有一次,这条蛇甚至在他面前穿过了牧场大路。那次他正走路。

第二次出现时他正在登山,在温契尔看到菱背响尾蛇蹿到一边之前,他的马就惊吓得直往后退。蹒跚而行的马把蛇给惊扰了,发出了一种三十米远都能听到的声音。温契尔勒紧缰绳,使它安静下来，并从后面注视着这条蛇。

“来个交易吧，老伙计。你离开这里到沙漠去，我们之间就不会有流血事件发生。如果你再靠近这房子一步，我就杀了你，就像我在两个月前杀死你的一个兄弟那样，那时它正准备靠着那块往前突出的石头睡觉。”

马依然很恐惧，喷着鼻息试图把背上的人摔下来。温契尔稳住了马，从数十米远的地方继续研究着这条菱背响尾蛇，现在它已经蜷缩成进攻的姿势，舌头轻快地抖动，嘴巴里发出嗞嗞的声音。从孩提时代开始，温契尔就把蛇看成是一个混合体，它既让人小心提防，又让人敬仰钦佩。它们有一种高雅的气质，如同海洋中的巨鲨，身上的花纹和体现出来的意图明晰而纯粹。它们身上没有不必要的装备，在温契尔看来，它们也对生活不抱有任意可能性的朦胧幻想。而就菱背响尾蛇而言，它们并不会有意伤害人类，除非人类看起来可能会伤害它们。

蛇安静了一会儿，似乎在直勾勾地盯着温契尔看。“我想我得给你起个名字，大家伙。也许……让我想想，路德这个名字可以。我的老牌友路德·吉本斯也许会欣赏你们之间的相似之处。”

温契尔骑马掉头回家，骑了几米远，又回过头去喊道：“记住我们的交易，路德。远离这里，我就不会管你。如果你出现在房子附近，你将会吃上一大堆 12 口径的双层铅弹，它们会把你的脑袋打飞，最后什么都不剩。”

在去恶魔峡谷的半路上,印第安人盘腿坐了下来,一小时前看到的情景依然让他烦忧。他一只手筛着一把土,把土紧握在掌心,然后撒回原处。透过牧场房舍的窗户,他看到了那个老人:他为什么在肩上挂着一把裹着枪套的手枪?老人套上枪套,装上手枪,瓜帕山上很快投下了他的身影。这气息不太对劲,就像一阵从敖德萨吹来的臭风,你可以嗅到一百五十公里之外乘着强北风吹来的油味。

他匆匆回到营地,燃起一堆火,复又蹲下,那些画面在他头脑中时隐时现。没得出结论,可他对这件事情的感觉并没有消退,有个模糊不清的东西正在悄然行进。即便它并不是十足的恶魔,至少也是毫无善意。不过在彼得的世界里,它们是同一码事。过了一会儿,他熄灭了火,收拾起一些工具,又开始了他的探索之旅。

在德克萨斯州考瓦拉东面大约二十公里处,林肯车的前灯照到了道路左侧的一座风车。

“我得清洁一下身子,马蒂,还有我们必须把这警察的尸体在什么地方处理掉。也许这个地方正合适。”司机将车子放慢速度前行,康尼车挨着一扇上了锁的牧场大门停下。

北方马类分牧场

六门,草料主棚

严禁狩猎

严禁擅自闯入或在此闲逛

“我不喜欢那标记，”马蒂说道，透过汽车挡风玻璃凝视窗外，“这他妈的是谁呢，竟敢教我们怎么做?”

他探出窗户对司机喊道：“嗨，翻过篱笆时别把裤子弄破了。你不会希望我穿着这身衣服翻过那面铁丝网吧?”

“我希望你这么做，马蒂。在这条路上你得忘记你的衣服和月亮，你要想的是我们应该做些什么。我说得对吗?”

马蒂从林肯车里钻出来，抖了抖身子，使自己的夹克更有型地套在身上。他提提裤子，重新正了一下 S&W32 手枪的位置，再仔细察看了一下裤口是否正好触到鞋面，裤身是否线条流畅，没有皱褶。

“嗯，我不会去翻那道栅栏的。万一有人来了怎么办? 如果我站在这边，你在那边撒尿我就可以为你通风报信。如果我们两个都到那块农田，那可不是什么好事，是吧?”

司机已经脱下衬衫，解开领带，正在风车边的金属水槽里清洁身体。他把水洒在脸上和颈部，擦洗着胳肢窝，尽量不使自己的无袖内衣沾上水。他的皮带上方挤出了一圈并不难看的脂肪，但在脂肪下面却积满了日积月累的坚韧的肌肉。他可以用左手一掌把马蒂拍在风车的一个叶瓣上，另一只手同时刮脸，嘴上还能哼唱一支欢快的曲子。对马蒂关于自己的背伤和好衣服之类的唠叨，他已经感到无比厌烦，但仍努力不去想它，把精力集中在手边的事情上。

“你知道吗，马蒂，我在想这个水槽大约有一米深两米宽。我们可以把这警察扔进去，再给他压上重物，这样好些天都不会有人发现他。你能把他拖到栅栏这边并帮我把他弄进去吗？”

马蒂正在林肯车的后轮附近打水。“我得先把夹克和裤子脱了才行。出发之前真应该在那条街另一面的那家店前停下来，选上一套远足服装。在那里买东西就像进入非洲最偏僻的地方打猎，你曾去过那些店吗？”

“马蒂，你要脱什么就脱吧，给我他妈的搭把手。跑这趟路感觉就像远游了一趟非洲。”

马蒂脱掉了裤子和夹克，把衣服整理好，挂在了车门上。现在他身上只穿着及膝的黑短袜、鞋子、带条纹的拳击短裤、衬衫以及领带。他把领带塞进那件八十美金的白衬衫里，又把衬衫下摆套进了短裤的裤带里。

“这该死的也太沉了。我无法把他弄出来。你记得我有背伤吧？嗨，我听见那边发出了什么声音。”

“不知道，是郊狼吧，也许。我从未听过郊狼叫，所以不能确定。”司机摇摇头，从栅栏另一面翻了回来。

两人把警察举起来并翻过大门——主要是司机在用力，把他扔到了牧场路上，发出了沉重的闷响，腰带上的钥匙也叮当作响。马蒂右手拿着那把 S&W32 手枪，这就使得他的另半边身子毫无用处。他挣扎着翻过大门，滚落在另一边。

“天哪，我们忘了拿上他的枪。怎能忘了呢？看，那是一把点四四罗格·黑鹰牌手枪。若弹膛里塞满了子弹，你就能像《辣手神探夺命枪》里的哈里那样‘砰砰’开枪；无数颗子弹穿过灌满汽油的汽缸。”

“好啦，别管那警察的枪了，我们不需要它，去找些石头来把他沉到水里去。”

他们在草丛里找石头，从这里找几块，又从那里捡几块，大大小小捡了一些。

“你觉得这里有蛇吗？老兄，我可是很怕蛇的。他们能把我吓得屁滚尿流，想一想就让我要呕吐。”马蒂一边搬运着小石头一边说。“我讨厌这些狗娘养的东西，它们比那些说话方式可笑的小镇警察还让我讨厌。这个国家有巨蟒，是吧？”

“我不这么认为，马蒂，”司机咕哝着，搬起了一块四十磅的石头，“它们在丛林里，南美或者别的什么地方。”

“好吧，最好没有，否则它们就完蛋了。我讨厌蛇。你想过被蛇咬死的样子吗？那操他妈的畜生紧紧缠绕着你，盯着你的脸，准备把你的脑袋一口吞下去。我曾经梦见过像那样死掉。这些石头应该足够能让那个警察沉到水里吧？”

他们搬起警察的身体，让他靠在水槽边上。警察抽搐了一下，发出了一声低低的、痛苦的呻吟。

“上帝呀，他还没死，马蒂！”

“噢，不，他死了。”马蒂抓住警察的一撮头发，把他的头往回拉，朝着他的脖子和身体相连处无声无息地开了一枪。他松开手，警察的头便朝前扑通一声落在地上，头发几乎碰到了水面。“现在他死了，对吧？以你的屁股打赌他死了。再也听不到讨厌的‘你俩’了。的确如此，对吧？”

司机深深地吸了口气，抬头看了看马蒂那轮心爱的月亮，然后把警察放进了水里。

马蒂仔细检查水槽侧面：“看不见他了，对吧？”

司机开始举起石头，把它们扔到警察的胸口。然后又在他的腿部和头部放了更多的石头。

“他一定会让第一头向下看的奶牛吓得屁滚尿流，对吧？”马蒂穿着拳击短裤，站在一旁往漆黑的水中看，精瘦的细腿立在裤子里面。

“把他的枪扔进去，马蒂。”

大路的远方出现了亮光。

“翻过栅栏进车里去，”司机说道，“快一点。”

当灯光仍然在大约一点五公里以外时，马蒂已经穿好了裤子。司机正在打领带。一辆十八轮车驶近了，然后又呼啸而过，驶上90号公路，灯光掠过司机的身体。马蒂已经在车里了，他开口说道：“那个货车司机可能以为我们是同性恋，正在这里乱搞呢。”

司机溜进了车，问道：“我们还得走多远？”他打开前灯，看了看手表。“上帝,已经两点多了。我们得走了。”

他们回到了大路上,再次向东行驶,马蒂看着地图说道:“挺好的了。再开七十二公里左右就能到克里尔色格诺,然后再开二十四公里左右就到了。前面道上的那些灯光一定是玛法。无论如何,一个镇怎么起这种名字呢?……天哪,看看我的鞋。我们离开洛杉矶一小时前擦过的,看看它们现在成了什么样子。”

他拿起鞋,就着车内灯看:“这鞋子花了三百美金。你见过弄得这么糟的鞋子吗?”

“关灯,马蒂,开着灯我很难看清东西。”

“我们什么时候把这些贝瑞塔枪扔掉呢?我手中的枪火力更猛,这能让你感觉好些吧?”

“在我们到达我们目的地后就把它扔掉。”

马蒂正弯腰试着鞋子:“你觉得我们到那里还得多久呢?”

“你自己刚刚说过还有七十二公里。”

“是啊,我是这么说过。也不需要很久,对吧?”

“是的,马蒂,不用很久。”

“到那里我们‘砰砰’地开几枪,然后重返文明世界,对吧?”

“是的,马蒂。回到美好的洛杉矶,回到文明世界里去,可在那里即使能看到月亮,也不能看到这么美好的月亮了。”

十

“温契尔，你就像一棵该死的木馏油灌木：它的油所漏之处就没有生命。”在一家阿比利旅馆的房间，布鲁·格里菲斯正穿着夹克。

那是一九六七年的纪念日，离温契尔拥有“两对”所有权已有二十余年了。香烟和雪茄使得四周烟雾缭绕，他挥了挥手，试图驱逐这些烟雾，以找出一块干净之地呼吸新鲜空气，但却是徒劳。房间里的空气几乎和布鲁①的名字和心情一样令人沮丧。

温契尔拉了拉吊带，抬头问道：“输了多少，布鲁？”

男子摇摇头，走出了门去。温契尔在电梯附近追上了他。他们站在已经破损的佩斯利涡漩纹花呢地毯上，这地毯曾经是红色的，但现在已经被磨钝了，布满了一种脏兮兮的灰粉红色，地毯上满是污渍，还残留了一些人的未遂痕迹——他们从这里经过，并在前往别的城镇作恶之前留下大名，这些痕迹都在这里一览无遗。

在布鲁的右肩上方，德克萨斯的太阳升起了一个小时，火灾

---

① Blue，有蓝色、阴郁之意。

逃生窗口离大堂地面有十米，阳光正从窗口斜射进来。尘埃在阳光里飘浮不定。电梯对面的一个房间里，一个男人和一个女人正争吵着。

温契尔朝那扇门扫视了一眼，以为会有从睡梦中被惊扰的人跑出来，而且衣衫不整、跌跌撞撞，手中还提着一个手提箱，但争吵渐渐平息了下去，他能听到激烈而低沉的声音，在谈论由谁来支付房费。

他从门口转过身来，再次问道："输得有多糟糕，布鲁？一文不剩了吗？"

布鲁点了点头，按下电梯的"向下"按钮。"玩完最后一局后，搭公车的钱都输掉了。"他需要洗个澡，需要刮刮脸，还需要钱。他还需要回到阿尔伯克基①，需要他的妻子。

温契尔遵从最优秀的职业牌手的惯例，从左裤兜里掏出一只钱夹。打牌时不能慈悲，但牌局结束后可以以路费的形式表达某种怜悯。"两百块能让你对付过去，让你回家吗？"

"你对我真是太好了，温契尔。你知道这钱对我多重要。"

"我知道，布鲁。我很乐意帮你的忙。"温契尔从自己的钱夹里抽出两张一百美金的钞票，用拇指指向他们出来的那个房间，说道："有一次罗斯科·麦克曼因在福特沃斯也为我做了同样的事，当时的情况真的很可怕，我的头脑也不听使唤。有时候一直

① 是新墨西哥州最大的都会。

会走下坡路，手上拿不到什么好牌，而补牌更是糟糕，可仍然穷追不舍，一直追牌，自己也明白是浪费时间，可就是难以自拔。这种事在每个人身上都会发生，不管你的牌技很棒还是一般。就像他们说的，Mala Suertr。”

“是什么意思？”

“倒霉运。”

他把钱递给布鲁，这时刚好电梯到了。“保重，布鲁。也许我们还会在别的什么地方碰面的。你参加过瑞多苏劳动节的比赛吗？那里有大把的钱和一大堆非天才人士。那里不按常理出牌的人比按常理出牌的还要多，那会给你提供翻身的机会。”

“我不知道，温契尔。”布鲁靠着电梯门不让它关上。“我完全懂得牌局中的技巧，可我不确定自己是否有这种气质，这份心劲儿。有些狗不会打猎，不是吗？也许我就是不会打猎的狗。你有什么建议吗？”

“谁知道呢？”温契尔回答道，把手插在口袋里，靴子里的一只脚趾在地毯上碾动着，他低头看着脚，说道：“我想一个男人必须自己想出这个问题的答案；没人能给别人这类问题的答案。我唯一的建议就是我遵循的一条规则：如果你的赌金不够多了，就远离我们昨晚那种无限制牌局。那样就太难翻盘了。我想这事情可能已经发生在你身上了。”

“我想知道一件事情，温契尔。在最后一局中，我认为你有一副满堂红，你是真的有呢，还是在以假象唬人？”

“我是有的，布鲁，在补牌时补上的。”温契尔撒了谎，不想让他感觉更糟。“整个晚上的牌局中，我猜你手里最好的牌就是三张同号牌。你没叫高我的赌注是对的，否则我会叫牌并再叫高你的赌注，而且会把赌注叫到最高。”

布鲁进了电梯，挺直了肩，将身上那件破损的棕色外套的宽翻领理平整，说道：“不管怎样，我也没有余钱来叫高赌注了。你真是个真正的扑克手，还让人很难去怨恨你。就我所了解的看来，你打扑克很地道，也很投入。这点让我很尊敬。”

电梯的门慢慢关闭了，只能看见布鲁中间的一小条身影，最后完全消失。那是温契尔最后一次见到他。后来，听说布鲁放弃了扑克行业，成了一名房地产经纪人。一年之后，在阿马里洛，罗斯科交给温契尔二百美金，都是二十元的钞票。

“布鲁交给我的。我在阿尔伯克基见到他。他看起来相当好，并且还说他欠你钱。他说当我们碰面时就把这钱转交给你并向你问好，还让我告诉你，他希望你过得好。”

在布鲁坐电梯下到阿比利的大街上之后，温契尔返回到那间他已经呆了八个小时的房间。和以前一样在休息的罗斯科正在倒空烟灰缸，那时他刚过五十岁，腰围几乎是身高的三分之二、年龄的十分之九。约翰尼德·安杰洛正抿吸着一杯威士忌，一边听着电台新闻。

路德·吉本斯从浴室里出来，说道：“你怎么想呢，温契尔？结束还是怎么的？只剩下我们四人了，而且我们都像坚硬的岩石。”

“我想是的,路德。给我兑现金吧。我想我将乘船到大斯普林去。镇北的牧场主有个星期二晚间六点开始的牌局。正好有时间乘机睡一会儿觉,清洁一番,让自己放松一下再玩牌。”

“嗨,温契尔……”约翰尼德朝他咧嘴笑了:“我猜你一个晚上大约赚了一万四或一万五,大多数都是从两小时前被我们吓跑的那些汽车商那里赚来的。想押一些印地500吗?我给你下三比一的注,赌A.J.佛依特和他的喜来登-汤普森专用车赢。只有四小时就要开赛了。”

“不,我想我要走了,约翰尼。无论如何,还是要谢谢你。”

路德朝温契尔微笑了,说道:“你只在扑克上下注,你从来不在运动类或其他东西上面下注,对吧,温契尔?我注意到这点了。”

温契尔微笑着说:“是的,路德。我只是在遵从家父数年前为我制定的众多规矩中的一条罢了。”

“你父亲是做什么的?”

“边境巡警,可他喜欢打牌。”温契尔的靴子里的便携科特式银行家专用枪有点走位,他弯腰到桌底,假装扯直裤角的反折,偷偷调整了枪的位置。

“他还在吗?”

温契尔摇了摇头,同时把钱叠好,放进各个衣服口袋。“不在了,提起这个我很难过。一九四〇年,一个堪地里蜡走私犯在穿过奥格兰德时，用一把小刀刺进他的胸膛。他当时掏出了左轮手枪，可第一枪打偏了，也没时间开第二枪。五秒钟之后，一个德州骑警把那走私犯给打飞了。”

“你母亲呢，还健在吗？”

“还在。她以敖德萨附近的家族牧场为生。她是家父遇害后搬到那里去的，最后和那里的头儿结婚了。他们似乎相处得相当不错。我有时经过那里会停下来问候一声。嗯，我先去热热车轴。有人需要搭便车到大斯普林吗？”

“我不去，”路德说道：“我要去达拉斯，在那里打打高尔夫球，休息一两周，看看我老婆是否还爱我。”

罗斯科咧咧嘴笑了：“我想我要去‘母兔院’走走，拜访一下那里的姑娘们，看看是否有人还爱我。”

“我听说过那个地方，”路德说：“是什么样的？”

“那里的基本四部曲是：起床、上床、下床、出门。那里没有真正的幸福所需要的温柔和关怀，这些我是拥有很多的。”罗斯科拍拍自己的肚子。“从另一方面来讲，跑遍德克萨斯打扑克也不允许我们有大量的时间来创造持久的关系，所以‘母兔院’的省事简单也是不错的。”

温契尔耸了耸肩，把头往夹克里缩：“那就后会有期了。”

“温契尔……”罗斯科开口说话了，微微皱着眉头：“在那里要当心。警察在一些地方对扑克大力镇压呢，敲诈勒索的事情也随处可见。上个月，在拉伯克，两个持枪的年轻人袭击了吉米·雷马斯特联营厅后面的冗长牌局。我们现在都有点紧张了。”

“谢谢。我听说过关于拉伯克的那件事。敲诈发生一小时前，一个牌手一直在街对面的咖啡馆里毫无遮拦地大声嚷嚷，还炫耀着一大沓钞票。愚蠢。”

温契尔钻进了他那辆停放在旅馆车场的凯迪拉克，那是一辆一九四〇年生产的车，他在里面坐了十分钟，记下刚结束的那场牌局的笔记。他已经知道罗斯科和路德的风格和倾向，分别在一张纸上记录他们俩的情况，约翰尼德是从西岸来的，在南方的扑克圈里属于新面孔，所以在笔记本上为专业牌手特意留出的空白处，温契尔对他做了一些额外的注解。

尽管约翰尼德打牌老奸巨猾，可他却常常给人暗示。当他拿了一手好牌时，他会把目光略微偏离牌局，一副漠不关心的样子。这个诡计极为常见，可在牌技低下或中等的人眼里，它的效果就被扩大了。一个专业牌手偶尔自如地露它几手就能把对手糊弄，以为他拿了一手臭牌。温契尔在一页纸的顶部写下“约翰尼德·安杰洛”，然后开始做笔记：

一九六七年五月三十日五点十分

身高一米七，黑发，后梳，黑皮肤，着装好。赌资明显充足。是个健壮而又难对付的牌手。打德州牌更逊色一些＝高估了他手里的牌，其实他的牌很差，同时也低估了其他人的反击能力。在拿到好牌时会有如下暗示：眼光略向右偏，漠不关心，掩饰得很好＝示弱意味着强大。和运动类赌博一样。从头至尾都有点闲散。

温契尔把笔记本往后翻了几页，草草写下关于那三个丹佛来的汽车商人的描述。他们输了很多，每人大约输了七八千。他可能一辈子都不会再见到他们了，但你永远不知道将来会发生什么。像他们那样的家伙很快出现，输得惨不忍睹，然后又会回来输上更多的钱。他给他们写下了一些大致的注释就结束了：

乡村俱乐部牌手。通常：酗酒，注意力游移，牌技不高。酒喝得越多，人就越散漫。德州扑克，即使他们要求打这种牌，仍然觉得这种牌戏很神秘。显然，他们想装作自己很擅长玩德州扑克。以假象唬人表现得很明显，习惯在短时间牌局中下一大注。哈蒙（姓）可能会试图偷看丢牌；当他被抓住一次并被警告之后就打住了。其他两人输牌时的牌风不错，但哈蒙并不是这样，他总是不停地抱怨自己拿不到好牌，有两次差点激怒了路德。其他两人中的一个（叫沃克?）喜欢“让每个人诚实打牌”＝即使手上的牌很糟糕或者很一般也会叫牌＝很难用以假象唬人这招对付他。

随后，温契尔会把他的笔记抄到两组3×5的卡片上，他把这些卡片放在文档盒子里。一组卡片是根据姓的字母顺序来排列的，另一组列出了重要的牌局，是以日期排列的。如果提前知道哪些牌手会来参赌，他就会仔细地翻看笔记，像所有的优秀的记者那样，花较短的时间记忆每个牌手的具体信息，其中包括他是谁、做什么的、怎么打牌的、在什么时候打了牌、为什么打牌。

温契尔启动了凯迪拉克，驶出了旅馆停车场，给了侍者十美金小费，这是额外给的，在前晚他已经给了他十美金。他喜欢自己不在时凯迪拉克被很好地护理。

在街道的一头，两个男人坐在一辆旧雪佛兰车内。当他开着凯迪拉克驶出停车场、开到街上去时，那两人好像在注视着他。温契尔记住了那辆车的车牌，从右靴里掏出银行家专用手枪，把它放在膝盖上。但直到他开车向右转、把凯迪拉克朝大斯普林方向驶去时，那辆雪佛兰依然停着不动。谨慎是没有坏处的。就像罗斯科所言，情况越来越艰难了。

其实——他的一根手指轻轻划过上唇一条淡淡疤痕——情形一直都是很艰难的，并且不可能比一九四一年在一个星期六晚上与圣塔·海伦交战更艰难的了，当时他忽略了一条费恩教给他的基本生存法则。

在一九四〇年费恩在圣安吉洛被枪杀后，温契尔对成为一个边境巡警做了更多的一些思考。他刚满十七岁，正是到了为自己做决定的年龄。大学引不起他丝毫兴趣，他也没钱去读大学，而他的母亲也基本上顺从他。

或者，也许可以成为一名牛仔。他是个不错的骑手，并且已经拥有一些其他放牧技巧，剩下的东西还可以到他能找到工作的地方去学。不过这种工作薪水很低，也没多少前途。除此之外，去矿上是另一种可能性，可他已经听说矿井不久以后就要倒闭了，而且矿工们似乎咳嗽得厉害。看起来你可能被推向这条道，又被挤向另一条道，你走的路总是偏离你的生活，而且更多时候是机遇而不是自我选择在决定你的道路。

他兀自咧嘴笑了。如果机遇是主人，那我就不妨做个好仆人。见鬼，打扑克吧。不再做一个纸牌伪能手了，开始真正地玩这个游戏吧。至少要试一下。

他开始在桑德比特商店的星期六晚间牌局中闲逛，那是矿工们赌博的地方，他在那里观看并研究他们打牌。他没学到太多东西。他们打得粗糙而又松散，似乎不在乎输赢，大多是玩抽牌和五张牌梭哈①。而且他们通常都是和邻居们一起玩，一角的赌金和两角的下注上限在那个年代已经是很高的赌注了，当时一磅咖啡只要两角钱，在厄尔巴索租一间旅馆房间只要一美元，一元五角钱还能租上一个带沐浴的房间。温契尔不认为自己会玩得多么不好，于是决定拿出费恩给他的五美金中的两美金去

① 梭哈是一种扑克游戏，五张牌比大小，同花顺最大。

玩一玩。

到了第二个星期六晚上，当他在牌桌前等待座位时，手心不停地冒汗，双腿战栗着。大约十点钟的时候，出现了一个空座位。他将两美金零钱摊在前面，坐了下来。这是他第一次真正打扑克。

钱在三十分钟后不剩一分了。他被吓坏了，他的表情和出牌方式表明，他很紧张，以至于忘记了大多数的规则，也不能集中注意力在牌局上。他思考着怎么翻盘，于是在错误的时间使用了以假象唬人的招数，当其他牌手在叫牌和提高赌注时，他还攥着一对三不放，当他隔壁的男人亮出一手可能是同花顺牌时，他抽了一副最大为五的顺子。这一局牌打得愚蠢又粗心。他又拿出一美金，可又在十分钟后输掉了。费恩正在什么地方转动着眼睛，想着自己所有的讲授都是徒劳。

“下次再来啊，小子。”当温契尔转身离开牌桌时，一个矿工说道。

另一个矿工咧着嘴笑哈哈地说：“谢谢你的酒钱，年轻的迪亚先生。非常感谢你。”

他的父亲看了他的比赛，跟着他走到外面。“你得冷静下来，温契尔。那些男孩的牌技可能比你想象中的要好一些。他们成天喝酒瞎混着，但他们中的一些人打过很多牌。别让他们的话干扰你，这就是打牌的一个部分。明天我们到你那块平坦的岩石处去再练习一下。就把今晚当作是一次昂贵的教育投资吧。”

第二个星期六打得好些。温契尔离开牌桌时赢了两角五分钱，父亲拍了拍他的肩说：“在任何时候，在你离开时能带上比你下的注多一点的东西离开牌桌，就算是一次不错的晚间娱乐。”

接下来的那个星期五，温契尔独自出发了，他开始把自己所知道的关于扑克的事情在脑子里不停翻滚，并加以练习，最终不管在是否紧张的情况下，他都能镇定自若地打完一场稳定的牌。第二天晚上他赢了四角钱。

事情就朝着这个方向发展了。输一美元，赢两美元，扔下五角钱，赢回六角钱。然而，某些地方透露出了温契尔的精髓品质，这品质会带着他穿越前方的生命征程，他的牌技也因为这个品质上升到一个更高的境界。他不再紧张，开始能将注意力集中在牌局中。

他和那些矿工一起打了六个星期的星期六晚间牌局，有一个晚上他赢了四美元。第二星期他赢了三美元，在后面的一星期他带着七美元离开。在那个时候，矿工们不再嘲笑他了，而且确信他们的牌局中不会再有任何空位。

他的母亲并没有被山姆的那些话所愚弄，在那些星期六的夜晚，山姆会说：“我想我和温契尔去逛逛桑德比特商店，看看那里发生了些什么事情。”

当她向温契尔说话时，抬头看见的温契尔是个身材修长、脸庞消瘦的年轻男子，他的棕发向后梳去，平整光滑，她说道：“你们这些大个子男人认为自己又狡黠又聪明。我从一开始就知道桑德比特商店发生了些什么，知道你和费恩在星期六下午的事情。店里的艾瑞尼都告诉了我。但你父亲向我保证这些是没有害处的。”

南希严肃地说道：“我有时会困惑：这些年来的那些星期六晚上他都到哪里游逛去了？山姆对赌博生活总是抱有这种浪漫想法。那是蠢人的职业，温契尔，我要说的就是这些，另外我依然认为你应该去克里尔色格诺，在一所师范学校报名，当一名教师，以一种稳定的、体面的方式来谋生。除此之外，其他的我全都放弃。你们都是一样的，你们这些男人，任性而又顽固，连上帝给你们的常识都没有。”

她在围裙上擦了擦手，望着窗外说道：“山姆已经走了有三天，我开始担心他了。他说勃奇雅附近出现了大量诈骗走私活动。他和一些巡警在星期一就到那里去了。”

第二天，当一辆边境巡逻卡车开到他们那块地盘时，她就知道出事了。山姆·迪亚躺在一张卡车床上，身上盖着一条毯子。三星期后，南希搬回了敖德萨附近的家，温契尔做了一名九号公路上的牛仔，那地方离他成长的地方大约十六公里。

和他一起共事的牛仔不喜欢他打扑克的方式。“温契尔，你没对我们出老千吧？”

温契尔答道：“如果我想对你们出老千，那你们永远都不会知道，可我并没有这么做。”

“好吧，不是要冒犯你，但和你打牌简直就像往一个地鼠洞里灌水。三小时就赢得了一个星期的工资，更不用说还赢得了阿奇的小提琴和六次免费课程。对我们来说真是太奢侈的消遣，所以我们要你退出牌局。”

晚上，在那间简易宿舍里，温契尔练习着出老千和洗牌，将费恩教给他的技巧统统练了一遍，只想以此使自己保持灵敏和警惕。此时传来了一个消息，星期六晚上在圣塔·海勒纳有场重要的比赛。此时他正在特林桂亚往北一点的地方工作，去圣塔·海勒纳需要骑很长时间的马，大约有二十四公里左右的路程。可到了星期六的下午，他在完成工作后还是跨上马鞍出发了。

这是一次跨国旅行，他穿过卡曼其泉的东面，越过特林桂亚，绕行于响尾蛇山的南坡。从西边刮来的狂风和沙尘在沙漠上滚滚前行。当他到达利奥格兰德附近的一座山顶时，看见左下方的骡耳峰正托着一轮夕阳。

六点刚过他就渡过了河，天很快黑了下来。骑着那匹得过奖的马穿过利奥格兰德似乎不是个好主意，于是下来把马拴住，付了五分钱给一个墨西哥人，让他用船送他过河。温契尔的边境西班牙语说得不错，他问这墨西哥人圣塔·海勒纳是属于哪种类型的小镇。

“是个很好的村庄。”墨西哥人回答道，一边划船，同时对一个骑着毛驴过河往北去的外国佬喊道：“晚上好啊，先生。”两个五加仑的莎脱酒桶在驴鞍上摇来晃去。

“看到那些分叉的高高的悬崖了吗?”船夫手指着一处说道:“那是圣塔·爱勒娜峡谷。美国人会付钱渡船,但我的船没那么好,无法渡过峡谷前面的急流。峡谷里有时会有又大又猛的巨浪。如果我有一艘更好的船,我就能赚更多的钱,专门摆渡接送像你这样的美国人。”

温契尔低头看了看在靴子周围飞溅的水花,相信了船夫说的话。

一条挺着肚皮、体重约四十磅的死鲶鱼漂浮过去。船夫说,从贡矿沿着特林桂亚湾冲洗下来的任何东西,都会杀死在湾口晃悠的鱼。

温契尔步行来到镇上,并对小镇仔细研究起来。他早就听说主要的扑克牌局设在街道左侧的一家小酒店里,还听说在那里你只能听着音乐,直接朝前走,远离小姐们。如果朝村里的女人迈错了一步或出现类似的事情,就意味你的肚子要挨上一刀。他沿街行走时,碰见了几个女人,于是将泰森草帽往侧边拉了拉,道了声“晚上好”,就再没有说别的了。有时小姐们会对这个瘦高个的年轻牛仔同样回问一声,有时她们只是微笑,有时则没有反应。

当注视着那些女士、小姐时,温契尔的扑克思维会消失一会儿。她们可爱、苗条,如鲜花般绽放,并且似乎准备翩翩起舞,或者做任何男人和女人做的别的事情。后者对他来说全然模糊,但他有一个大致的感觉。最近温契尔开始思考起女人来，在工棚中经常听到别的牛仔交谈这方面的事情，他们说起在奥吉纳戈和圣薇森特木屋的冒险经历时，将每个细节都描述得近乎毫厘不差。

他带了十八美元作为赌注，另外的五美元是旅费。这些钱比他几个月前想象的还要多，这得感谢那些在桑德比特商店的矿工，还有那些在R9的懒散牛仔。温契尔打牌时信心满满，形成了一种费恩所称的“紧紧扣住”的风格。他成了一个全身心投入、攻击性强且具有杀气的牌手。

猎者和猎物的眼光是不同的，也就是它们对食物链是如何形成的大致感觉不同，温契尔再也不是猎物的眼光了。在他自信得近乎自大时，也将费恩的警告抛之脑后，认为费恩关于出老千的说法一定是夸张了。

在圣塔·海勒纳的赌博进展糟糕。包括他有七个人，正打着直接抽补法扑克。温契尔觉得自己打得很好，可却在大注上连连输钱。有两个人似乎赢去了大部分的钱。其中一个面色灰黄，小脸，动作很快。另一个是个高大粗鲁的家伙，留着胡须，头戴一顶褪色的灰色软呢帽，身上穿着一件棕色法兰绒衬衫，这个人挨着温契尔的左边坐。室内照明是用煤油灯。在三米外的另一个房间里，留声机一遍又一遍地放着一支墨西哥波尔卡舞曲，人的内心倾向以及这个夜晚，还有生活带来的所有疼痛，使得音乐在这充满醉意的空气中呈现出一种迷离色彩。

温契尔已经输了九美元,他开始怀疑这牌桌上不止有坏运气存在,还有别的什么在操纵着。他在脑子里飞快地翻滚着所有的识别方式,这些都是费恩传授给他的招数,但很长时间以来都被他抛之脑后。

然后,他看见了。有个人用右手从上方洗牌,洗牌时另一只手的手指弯曲起来,环绕着那叠牌。但当面色灰黄的男子把牌从底部抽出时,他的左手手指有时往下伸,这个动作几乎难以察觉。这是一个比较擅长底部发牌的牌手的手势。

温契尔谨慎地又玩了几把,继续观察着。那个瘦男人一直在偷看发牌,并从发牌中选牌,在洗牌前把选出的牌放在一堆牌的底部。底部的牌要么到了他自己手里,要么到了那个留胡子的男人手里。这时,温契尔只有十美元了,心里已经怒不可遏。也许这点已经表现出来了。

“好了,牛仔,今晚事与愿违了,对吧?”那个底部洗牌的瘦男人说道。

“我想这是有原因的,”温契尔答道。

“那可能是什么原因呢,牛仔先生?”面色灰黄的男人露出了一个得意的微笑。

牌桌上一片沉静。四个墨西哥人在打牌,还有三个外国佬。墨西哥人彼此对视了一下,开始拿回筹码。

温契尔指着发牌人开始说话,但他还没说出口,便被粗暴地连人带椅向后推倒,留胡子的男人用手背揍他。由于干牛仔工作，温契尔身体健壮，坚硬结实，可他还没拥有一个男人的力量。他挣扎着爬起来，但那个大个子男人的拳打脚踢雨点般落在他身体的每个部位。

几个小时后，他从小酒店后面的灰土里醒了过来。村庄漆黑一片，而他伤痕累累，至少有两根肋骨裂开或折断了，还可能有点脑震荡。他脸上的血迹已经干了，嘴唇上有一道很深的伤口。他猜这伤口是那大块头男子右手上的土耳其玉戒指划破的。

他支撑着走到河边，这时太阳已经出来了。他强撑着自己的左半边身子，头脑还是昏昏沉沉。当然，他的口袋也空了，可船夫还是把他渡过了河。“这是个不错的村庄，先生，但在星期六晚上有点野蛮。我以前见过这种情况。你可以改日付我钱。”

船夫指了指坐在船头的小男孩：“这是我的孙子帕布洛。他将来会长得高大壮实，像他父亲一样在这片坚实的土地上工作。”

圣塔·海勒纳事件发生后二十一年的一个深夜，迪尔利奥的一个被称为“边境狗”的沙龙紧锁大门，那里进行着一场紧张激烈的赌博。罗斯科向牌桌那边的温契尔扫了一眼。牌局走向变得很怪异，气氛也开始有点不对劲。温契尔领会了罗斯科询问的表情，他以一种难以察觉的动作耸耸肩来传递这样的信息：“再打几把看看。”

温契尔观察那个男人已经有一段时间，他挨着罗斯科旁边的牌手坐着。他每次看着那个男人时，总有些遥远的记忆迎面扑来。在一次短暂的中场休息中，那个男人不停地吹嘘夸耀自己多年前在洛杉矶枪击一个老千。他说那家伙是个真正的花花公子，靴子里藏了一把掌心雷手枪。当时温契尔正窝在椅子里休息，大拇指拉着吊带，但当他听到有人提起掌心雷、花花公子和洛杉矶的一次枪击事件时，他马上振奋起来，注意力高度集中。他说的就是费恩的死。

温契尔在后面的几把牌中都提早将牌面朝下放表示认输，这让他有仔细观察这个讲故事人的机会。这人正在洗牌，皮肤苍白，毫无生气……而且……他的左手手指在洗牌时会往下伸，这动作几乎难以让人察觉。圣塔·海勒纳那次就是他。岁月的流逝和体重的增加将这个男人伪装了起来，但现在温契尔认出了他。甚至那晚他说的那些话也重现了："好了，牛仔，今晚你事与愿违了。对吧？"

罗斯科再次看过来，温契尔点了点头，罗斯科卷起自己那二百八十英镑，穿过坐在身边的人，把钱一股脑儿扔到洗牌者的身上。温契尔立刻站起身后退，眼睛飞快地扫过其余的每一个牌手，他知道底部发牌者不可能孤军作战。有人从口袋里掏出了一把弹簧刀，温契尔也同时从靴子里抽出了柯特枪。弹簧刀落在了地上，拿刀的手被打飞到了天花板上，罗斯科正狠狠地揍着那个老千。

"可以了，罗斯科。拿上我们的钱离开这鬼地方吧。"温契尔咆哮着说。

温契尔猛地把那个脚步踉跄的底部洗牌者拖到一张椅子上，用柯特枪指着他鼻子上的一点，他对这种欺诈行为愤恨不已，对费恩的死感到双重的愤怒，尽管费恩也有不是，可他就死在这个坐在他面前的椅子上、被打得鲜血淋漓的卑鄙无耻之徒手中，这实在让温契尔痛恨不已。“你曾经有一次在圣塔·海勒纳欺诈过我，那时我还是个年轻的牛仔，寻求的是公平的打牌。你现在一如从前，一点儿也没变好。顺便还要告诉你，你在洛杉矶杀死的那个人是我的朋友。”

温契尔扫视了一遍其他牌手，然后再次低头注视着发牌者，继续说道：“你给我注意了，将来，如果让我看到你在德克萨斯或其他任何地方打牌，我会一枪把你的屁眼打飞。”

多年以后，在一九六七年的纪念日这天，他从阿比利出发，朝西向大斯普林驶去。其时他四十五岁，一切顺风顺水，在德州的几家银行有十万美金的存款，有一万美金藏在他的凯迪拉克车门的罩板上，其他零散地塞在衣服口袋里的是赌金和昨晚赢来的钱。在那样的年代算不错了，对扑克牌手来说，他们的光辉岁月就在面前，那时他们总有打不完的牌，从一个城市到另一个城市，比如俄克拉荷马、阿肯色、德克萨斯，在那些地方，有好的牌局，以及颇丰的回报，在这过程中，一个能干的扑克牌手的形象也得以树立。

在圣塔·海勒纳那个糟糕的夜晚之后，温契尔便开始了这种生活。他在R9又呆了好些个月，攒足了一小笔赌注，然后又抽了出来。他行了一百万里路，也许有几百万里路，先是坐公共汽车，然后坐普尔曼火车，当火车提供的服务变得越来越少、越来越艰难时，他又开始自己开车。

这些年来你可能见到过温契尔，在这儿的某个地方，但如果你见到了，可能也不会太注意他。他的外表没有什么很突出的地方：身材瘦高，爱穿灰色外套，深棕色的发梢修剪得很整齐，在看报或查看火车时刻表时会戴眼镜。不英俊，也不丑。脸太瘦了些，在迈步时有点害羞。你也许会猜测他是个银行家，尽管他穿的那双朴素的黑色靴子有点不合时宜。

后来，也许你朝那扇一等房间的玻璃窗瞄了一眼，便会注意到他正和六七个男人在里面打牌。也许这只是在漫长的火车旅程中消磨时间，你这么猜测，可你不知道，温契尔在扑克桌前从来不是仅为了消磨时间而打牌。

如果你透过窗户看上一会儿(时间不能太长，因为有人可能会注意到窗帘是敞开的，而且会在你面前将窗帘拉上)，你会看见温契尔像魔术师那样玩牌。他洗牌的动作很快，发牌时轻轻地一点，牌就像打出的不偏不倚的子弹，总能稳稳地落在应该拿到牌的那个人面前。温契尔到了三十五岁时，就成了扑克界的高手。

如果有个牌手说：“我要三张牌，温契尔。”牌就会在四分之一秒的时间内放在他手边。

你也许还注意到，他的脸上总是带着那么愉快而超然的表情。他为这个表情努力过，对着镜子练习，直到他准确地知道自己在那些盯着他看的人眼里是什么表情。那些人想从他的表情中得到什么暗示，可温契尔从不会流露出任何东西。

公路和扑克牌就像一架冷酷无情的机床，这些年来温契尔一直都开着这架机器，直到所有经验欠缺的粗糙边角都被磨平成形。在最后一年中，他一直都在考虑到拉斯维加斯去。他听说拉斯维加斯变得越来越好，但到那里的人都是在一些牌局中相互交战的硬汉子，拿着大笔钞票、总想赚外快的二流牌手是不适合到那里去的。据说如果想到那里去，就一定要深思熟虑才行，除非你玩得相当好，而且对那里了如指掌。和一些刻薄难缠的男孩头碰头地打牌，意味着你在好些年里攒下的赌金可能在几个晚上就散失了，消失在一片缭绕的烟云中，消失在一阵霉运的气息中，不管你最好的衣服熨得有多妥帖。然而，正如布鲁·格林费斯和其他牌手即将证明的那样，温契尔已经达到了拉斯维加斯水准，达到了一个相当高的水准，这一点是毫无疑问的。

凯迪拉克稳当而又轻巧地驶向大斯普林，收音机里正嘈杂地传来一场印第安纳波的比赛声音。温契尔把台调了，听到了音乐节目，一个不错的德州男孩正在唱道：

街道那边的吉他声
有点儿跑调

但你的目光可以穿过边境

透过我们房间的窗户

要是在今天这个日子，能像歌中唱的那样就好了，温契尔思索起来，目光穿过边境，透过一扇窗户看过去，在房间里的另一边有个女人躺在皱巴巴的床上睡觉。这种情景发生过一次，当时他十八岁，在墨西哥的圣卡洛斯度过了一个星期六之夜。清晨他靠在窗户上，向外朝德克萨斯望去，奇索斯山群刚从睡梦中醒来。

那女孩名叫莉莉安，那时还是个狂野的小东西，既具有本土的淳朴，又老于世故，她是R9主人的女儿。当她的父母在一个周末去克里尔色格诺谈生意时，她便和温契尔骑马朝圣卡洛斯的方向去。

他仍然记得她当时的打扮：下摆齐黑靴顶部的黑裙，白色的宽大短外套，袖子很长，整体较为宽松，一顶斯泰森毡帽扣在她的黑发上，头发盘在脑后，整齐又好看。当时她十七岁，骑起马来就像个卡曼其人，是一个爱马的人，而温契尔最终成了牌手。

在那个漫长的星期天午后，他们往德州方向驱马回家，莉莉安对他说道："温契尔，你应该更经常地放纵一下自己。当你丢开那张严肃的面孔快乐享受生活的时候，你是个非常擅长玩乐的人。"

她踢了踢那匹跑得飞快的小母马，回头向温契尔喊道："跟我来呀，让我们把尘土飞扬起来，到河里去疯狂快乐！”

莉莉安前往莎拉劳伦斯学院或其他类似的地方之前的几个月，他们两人常常偷偷地潜入峡谷。那天下着雨，雨水落入了岩石中，泰纳河也蓄满了水，他们赤裸着身子相互泼水，然后在河边粗糙的沙石上做爱。从莉莉安赤身裸体的样子以及做爱的方式看，温契尔清楚地感觉到自己并不是第一个和她一起在河里漂流沐浴的牛仔。在她去上大学后，他再也没有见过她。

大约上午十点，温契尔开着他的凯迪拉克到了科罗拉多市的一家咖啡馆。他点了熏肉和鸡蛋，然后轻松地看了看四周，心想是否有个名叫温契尔·迪亚的餐车饭店之类的东西存在，要是有的话应该只有一个座位。这就是他的生活方式。在一九六七年的纪念日那天，卢辛达取走了他的点菜单，又从德克萨斯的科罗拉多城里的一间厨房里出来，身穿粉色的制服，端来了他要的熏肉和鸡蛋。

十一

在“两对”牧场住宅区的桌球室里，球都整整齐齐地摆放着，索尼娅把它们紧挨着放在了架子。这是她清洁工作的一部分，主球搁在球桌另一端的尽头。温契尔把夹克搭在一张椅子上，拿开架子，打了七杆球，然后让自己集中的注意力放松下来。当他在桌边弯下身子时，塞在腋窝里的那把点三八手枪往下移动让他很不舒服。他拿开肩上的手枪皮套，把手枪塞在靴带里。

厨房的电话响了，很快又戛然而止，然后又响了，最终彻底安静下来。有时候，在暴风雨出现的时候便会有这种情况，甚至那风暴还在一百七十公里远的地方。电话线很长，是从西德克萨斯州拉过来的。温契尔走向书架，从箱子里取出一把小提琴，这把小提琴曾经属于那个名叫阿奇·威廉姆斯的牛仔。温契尔从来都不是什么音乐家，可这把小提琴却一路伴随了他这么多年。他知道的六首歌中，其中一首歌名叫做《西法利亚华尔兹》，他在边境的日子里，莉莉安很喜欢这首歌。他调了弦，关上了桌球室的灯，站在黑暗中拉起了这支华尔兹。

卢辛达也喜欢这首歌。但《银铃》才是她的至爱，于是他又拉起了《银铃》，并回忆着卢辛达。他喜欢回忆卢辛达。在这弥漫着沙砾和烟雾、无数个旅馆房间里的风尘，以及无数双打扑克的手的生活中，卢辛达总会闯进他的记忆里，带着她那甜美的气息，还有那刚沐浴过的清香。当温契尔第五次奏响《银铃》时，高原荒漠上已经凌晨两点多了。他努力将主音从一个键调到另一个键，正如鲍勃·威尔斯乐队那样，但有时他会漏掉一段旋律。与此同时，他一直都在想，自己和卢辛达应该永远不放弃那些他们曾经在一起拥有的东西。

当林肯大陆开到前街（90号公路的当地名称）的时候，德克萨斯州的克里尔色格诺镇睡得正酣。红灯亮了，林肯车停了下来，这是通往城镇的道路上需要的唯一一次停车。

“嗨，你看，车站里有辆美铁①火车。”马蒂指着右边说道：“我打赌我们本可以搭乘这辆火车离开这里的。我们本来可以有间包厢，可以在休息室打牌或做点别的事情。不会爆胎，不用担心任何事情。我们怎么就没坐火车来呢？”

司机注视着从他面前穿过十字路口的一辆黑白警车：“克里尔色格诺警察局，保护公民，服务公民。”他给了那警车充分的时间让它朝前开去，朝着它想去的地方驶去，然后自己才从闪烁的红灯前把车开走，继续向东行进。

“美铁正喷着烟行驶，和我们同路。我们怎么就没坐火车

---

① 全美铁路客运公司的简称。

来呢?”

“我不知道,马蒂。我猜是没想过这事。另外,火车不能提供我们所需要的那种灵活。你看,我们只剩大约二十四公里的路程了。再看一下别人给我们的那张手绘地图。”

马蒂打开那张从一本法律册子上撕下来的纸,眯眼看了一下:“是的,这上头标的就是还有二十四公里。我们最好考虑是否把武器从引擎架上取下握在手里。”

“等我们快到的时候再取下来。”

康尼车经过了一家马鞍商店,经过索尼克快餐店,经过窗户上钉着胶合板的乔拉酒吧,经过停车场里的牛仔身边,那些牛仔正在自己的轻型火车旁喝啤酒。他们转过身,看着康尼车从他们身边滑过,他们的帽子拉得低低的,脸被阴影笼罩着,看上去有些挑衅的样子。

“停车场里的那群人看起来挺讨厌的。”司机说道。

“是啊,用引擎架上的贝瑞塔给他们一枪,他们看起来就不会那么讨厌了,对不?”马蒂扭身看着那些正盯着林肯车看的牛仔说道。

经过了一排汽车旅馆,出现了一顶“西方最棒”剧组的大帐篷,上面写道:欢迎电影剧组全体成员。

“嗨。”马蒂说道,“他们肯定是在这儿拍电影或者干别的事情,可能在拍一部野蛮的西部片。我讨厌呆在这个国家,可我喜欢看关于它的电影。当我看到一些电影里的牛仔把点四四手枪当成小手枪来射击时，我总会笑个不停。那狗娘养的往后一跳，就那样举着枪，便把他的脸打裂了，你在晚上这个时段看过那些老牛仔电影吗?”

“没有，大多数时候，我的作息很有规律，除了干这种事情的时候。我有一个家，你知道的。”

“你老婆和孩子知道你是干什么的吗?”

“他们认为我是个推销员。我是这么跟他们说的。我妻子有点儿怀疑，她总是这样，但是我把熏肉带回家，她也就不多说了。我告诉她我在卖机密的电脑零件，因为行业保密问题，所以不能告诉她。”

“很高兴我没结婚，”马蒂喊道:“结婚有太多的麻烦。当我有这种欲望时，我就会溜到万镇的兰花酒吧，随便叫上几个。没有任何别的担心。那里也有裸体舞女……在兰花酒吧，有你从来没见过的最大的胸。给点小费，她们就会坐到你的大腿上，把胸贴到你的脸上。有时这样就很享受。你去过那里吗?”

“没有。”司机打亮了前灯，这时他们正开过白金布朗克卡车停车点，开出了克里尔色格诺的城市管辖区。

“妈的，月亮不见了。天上尽是各式各样的云朵。”马蒂探身朝前，透过挡风板往上看，然后坐在椅子上转了转，试图从边窗的角度看见点什么。

“是哦，还起风了，”司机说道，“我感觉气温下降了。”

“我没带大衣，你带了没?我根本没想过要带大衣。见鬼，这才八月，你压根不会想到需要大衣。我有次在赶集的时候买了件特别好看的大衣，他们说那货是直接从伦敦的塞维罗街来的，羊绒面料，颜色和这辆车的很相似，是奶油色。我本应该把它带来的。根本没猜到我们会冻着的，是吧?”

“是啊，从来就没想到。后面克里尔色格诺镇边缘的标志上显示，这里的海拔是一千四百三十三米。我看这里的天气是很不一样了……耶稣，真的起风了呀，我甚至坐在这辆沉重的车里都能感觉到风了。再开十七公里我们就可以准备干事了。”

“然后就回到那看不到月亮的文明世界里去，对吧?”马蒂大笑着说。“我会想念在这里看到的月亮，但这也是这个地方唯一让我想念的东西。唉，真应该带上我的大衣，你觉得呢?”

司机减缓车速，把林肯车开进一个路边停车场。“差不多到准备器械的时间了。”

“嗨，把那盒子从引擎支架上取下来会弄脏我的衣服，我可不想去拿。”

“别担心，马蒂。我会去拿的。这一路我已经越来越注意到你的衣服了。”

“好了，真见鬼，我并不想表现得不合作。我只是不想弄脏这件好衣服，你知道的。你不能为此责怪我的，对吧?”

乌云在空中疾速翻滚，空塑料杯被狂风刮过枯萎的草地，司机停下了康尼车。

“瞧，一片他妈的风滚草。就像老电影里的样子。”马蒂兴奋地叫道，指着翻滚过车边的风滚草，它穿越过前灯的光芒区域，奔向沉沉的黑暗中。

司机走出了车子，大风拍打着他的衣服下摆，他招呼着马蒂拿着手电，照着他松开那些金属盒子。

"耶稣，这他妈的风是什么东西呀？尽管不是我想象中的那么冷，可却很恐怖，你不觉得吗？"

"马蒂，帮我把手电照到这下面来。"

"该死的头发吹到我脸上了。我应该买顶帽子什么的。你带帽子来了没？"

"拿稳手电，马蒂。"

司机朝引擎支架摸去，小心地不碰到任何可能很热的部件。他找到了盒子，手指沿着盒子摸索着，感觉管道胶带的边缘的位置，找到了边缘他就能把胶带撕下来。一段胶带被撕开了，他把它递给马蒂。然后又撕下一段，再撕一段，一段接着一段地撕。盒子松动了，他抓住一只盒子的尾端使劲一拉。一只盒子落到了他的手上，金属上还连着几条胶带。另一只盒子悬着，只有一根胶带还粘在支架上。只用力扯了一下，盒子就掉了下来。

马蒂的左手上沾满了浸了油的、黏黏的管道胶带。他甩了甩手，奋力把胶带甩掉。一条胶带粘在了他的衬衫袖口上，他用手电照了照，叫道："上帝，这太糟糕了。看看这东西；一个油腻黏稠的污点沾在这件八十美元的衬衫上了。你见过这么糟糕的事情吗？"

“你在箱子里装了清洁武器的溶剂，不是吗？它可以清除掉你手上这些黏稠污点的。”

“是啊，可它不能清除掉这件八十美元的白衬衣上的污点。我甚至不确定我的中国洗衣店里的朋友是否能把这污点除掉。”

他们回到车上，司机打开了其中一只金属盒，马蒂仍给他打着手电。盒子被隔成好些个格子，贝瑞塔 93R 安静地躺在其中一个格子的红色毛毡上。这支手枪的尾部是木头做成的，一个折叠的金属柄粘在扳机保险的前端。当金属柄朝下时，前面的手就可以握住金属柄，大拇指弯曲地按在伸出的扳机保险上，这样就可以用两只手来握住一把相对较小的武器。枪管架上写着“皮亚特洛·贝瑞塔·格亚东·V. T. CAL. 9·帕拉贝鲁”，帕拉贝鲁这个词来自古拉丁文，意思是“如果你想要和平，就先得准备战争”。

盒子的另一个空格里放着三本二十开的杂志，里面夹放着九毫米的弹药筒。在另一个更小一点的空格里放着清洁用具和用塑料袋包装好的溶剂。

“伙计，看看那个。”马蒂咧嘴笑了，“你很难见到这么好看的手枪。你用过这些枪吗？”

“没用过和这个型号完全一样的手枪。我熟悉一种更老式一点的型号，比如 M950 什么的。”

“那是 M951，紧接着又出了 92 型。这个是 951 型的另一种改良版。”

“这是连发操纵杆，就在这儿，对吧?”司机问道，举起枪掂着它的分量，又在手上握了握，另一只手指着一个拇指开关。

“是的。转动控制杆，这枪就从单发变成了三颗连发，这个才是最佳效果。全自动手枪再多发子弹的话就会开始迷失方向。另外，这种型号的手枪有一个补偿器”——马蒂把手指放在枪管口末端的一个开口处——“当你开火时它会往上喷气，这就会使枪往下压。这样一来，枪在连发的时候就不至于使枪口朝上。老兄，他们送给我们的可是一流的设备啊。”

“他们一直如此，马蒂。上次的是莱明顿猎枪，记得吗?”司机把一个弹夹塞进枪里，把金属柄折下来，透过挡风扳机瞄准了一个想象中的目标。“他们害怕我们可能在这个地方撞在一群牧民手中，这就是他们提供给我们贝瑞塔的原因。”

马蒂打开第二个盒子，拿出自己的手枪，模仿司机刚才的动作。“妈的，最好把这混账东西从我手上擦掉，这样会把我这把小宝贝弄得黏黏的。”他打开塑料袋，将溶剂倒在一块擦枪布上，然后清洗着自己的左手。在车外，狂风正以将近五十公里的风速吹刮着，尘土和啤酒罐席卷过路旁的停车场。

司机把手枪放在旁边的座位上，开始把车开出停车场。马蒂此时沉浸在自己的世界中，那是一个他自己诠释的世界，在那个世界中，他所向无敌。

“伙计，哦伙计，我就喜欢握着这样的枪。如果你给逮着了，烟酒枪械管理局就会把你捉进监狱，让你在那里度过下半生或者别的。”他慢慢划弄着枪，在空中划出一个弧形，然后把枪指向他们前面的大路：“哒哒哒……哒哒哒……哒哒哒。有了这些宝贝我们不用很长时间就能完事，对吧?”他拿起他的擦手布，用布的一角擦拭已经纤尘不染的枪，并小心翼翼地不让任何残余的污渍粘到枪上。

“还有八公里，马蒂。应该很快就能到那个叫做斯莱特溪谷的地方了。”

“等不及了。”马蒂说道，他放下枪，理了理翻领，用手拂了下夹克的袖子，再次审视着衬衫袖口的污渍。他已经感觉到有点饿了。

卢辛达是一名来自骡蹄附近的德州女子，那是个地势平坦的乡村，名叫兰诺·爱斯塔卡达。在温契尔遇见她的时候，她不是人们通常说的那种漂亮，但从另一方面来讲，她也不算丑。有些女人在年轻时姿色平平，然而随着年龄的增长，便会形成一种独特的风韵，卢辛达便属于这种女子。当你仔细看她的时候，会觉得她比粗略一瞥时更为动人。她有着某种女人随着年岁的增加才有的笑容和体态，说话的声音中还透着一种从容自在的笑声，仿佛世界把能给的一切都给了她们，而未来的一切都只会更好，至少不会更糟。

在一九六七年的纪念日那天，卢辛达将熏肉和鸡蛋端到温契尔面前，那天天气和暖，好像就此开始要炎热起来。德州科罗拉多市的路边咖啡馆里没装空调，盐瓶里装着米粒，使得食盐不会回潮结块。隔板上有一些苍蝇，粘苍蝇的纸张用线吊着，悬挂在天花板上，被门边的大电风扇送出的微风吹得徐徐打转。温契尔脱下夹克，把衣服折好，放在身边的空凳上。这是早饭后午饭前的时间，所以除了正在付账的四个人外，咖啡馆基本上没别的人。

结清账并找完钱后，卢辛达感谢了他们的光临，然后朝着温契尔走了回来，这时温契尔正在往吐司上涂黄油。

“喜欢在吐司上加果酱吗？我们有一些橘果酱。”

“那真是太好了。”他说，他喜欢这女子声音里刚刚藏起的从容笑声。

她伸手从柜台下面拿了瓶果酱出来，然后把瓶子放在温契尔面前。

“你是科罗拉多人，还是本地人？”他问道，啜了口热咖啡，这是上好的黑咖啡。此刻他感觉到自己独自一人有些孤单，然而又厌倦了和扑克手交谈。

“现在我是本地人。最初我生活在骡蹄县附近。然后我在拉巴克生活了几年，那是巴迪·霍利的出生地。”

温契尔看上去有些迷惑不解，扑克牌手的脸不见了，他也并没有坐在什么地方的牌桌边。“我真不敢相信自己的耳朵……那是谁？巴迪①……”

---

① 美国当代著名摇滚乐歌星、摇滚乐坛最早的“青春偶像”之一。

卢辛达爽朗地笑了:“嗨,先生,你从哪里来的呢?他和瑞切亚·瓦伦斯以及大鲍勃死于私人飞机失事,飞机坠毁在爱荷华冬天的荒原上。巴迪生前几乎和埃尔维斯①齐名。你知道这首歌,‘每一天都更靠近你一点……’”她用一种动听的女低音唱道。

“对不起……”温契尔咧开嘴一笑,“我不熟悉这首歌。”

“你需要在生活里多放点音乐,兄弟。学着弹奏一些曲子,跳跳舞等。”

温契尔嚼着一片熏肉,肉嫩得恰到好处,正是他喜欢的那种火候,然后他伸手从纸巾盒里抽出两张纸巾,擦了擦手和嘴。“你这么一下子就开始给我作总结了。事实上,我会拉点儿小提琴。我知道六首歌,正在学习第七首——《沙士中的大土豆》——还没完全学会,不知道能否学会。没关系,如果你真的喜欢那些歌,六首歌在生活中就足够了。想想看,如果一首歌真的是好歌,而你也真的喜欢它,那么这一首也足够了。”

卢辛达歪了歪头,嘴角露出了一个微笑,说道:“在这样一个炎热的早晨,五月下旬的一个早晨,这番见解听起来可是相当深刻啊……一首好歌就够了。我喜欢这个看法,在我的境界需要得到一些提升时,我就得记起它,提升一点也是需要大量的时间。拉小提琴,嗯?”

随着空气闸发出“嗖”的一声,一个卡车司机将车停了下来。

① 即猫王,美国最著名的摇滚巨星。

他走进店里，坐在和温契尔相隔了四个位置的椅子上。

这个男人咳得很厉害，紧握的拳头捂住自己的嘴，然后打开了一本菜单。

卢辛达朝那男人走去，说道："你还好吧，拉尔夫？"

"你好啊，卢辛达。能再次看到你的笑脸真好。是啊，我还好。运货使我有点儿发烧了，也不知是不是胸部里有点儿什么东西，它们似乎不肯离开我让我安生。真不知道我干吗那么麻烦去看菜单，我已经知道我要些什么了。"

"看看我是否还记得，"卢辛达说道，她双臂交叉在胸前，眼睛朝上转动，看着爬满苍蝇的斑斑点点的天花板，"拉尔夫，为西米诺尔运输公司开一辆半拖货运车，每隔几个星期来一次，而且总是点……三个煎得十分熟的鸡蛋，一大块脱脂乳蛋糕，一杯番茄汁，一片火腿面包。咖啡会使他的胃翻江倒海，所以他只喝番茄汁。对不对？"

"卢辛达，你真是个奇迹。你应该去参加电视上的记忆力比赛。"

卢辛达把拉尔夫要点的食物写在了她的小绿本上，然后把那页纸撕了下来，"啪"的一声按在高台上，那高台正好把厨房和咖啡馆的其余部分隔了开来。一个男人伸出了多毛的手，手上夹着一根香烟，没有露面就攫走了那张单子。几秒钟后，传来了鸡蛋面粉糊下热油锅的声音。

"等餐时想看看《奥德赛美国人报》吗，拉尔夫？"

拉尔夫点点头，卢辛达把一份报纸沿着柜台滑过去给他。她回身朝温契尔走去，他正吃最后一片吐司，就着咖啡吞咽下去。他又拿了两张纸巾擦了擦手，这时，西米诺尔运输公司的拉尔夫打开了眼镜，读起了最近的新闻。

“那么，你从事什么职业呢，先生？你是个旅行者还是别的什么？”卢辛达微笑着问道。

温契尔对自己是个职业扑克牌手从不多谈。不是因为他以这个职业为耻，毕竟，生活是生活，他的谋生方式和别的谋生方式一样值得尊敬，只要你打牌时努力而又公平。这就是他如何看待这件事情的，也是他的生活方式。但出于某种原因，如果你告诉别人你以打扑克为业，他们就会看着你，就好像你可能会攫住他们的内衣跑了，而之后的谈话可能就转移到扑克技巧上，以及温契尔如何看待抽一副顺子的问题，可这些他压根不想解释。

所以他打算以他惯常的那套话来回答，他说自己是个枪支弹药推销员。他对枪了解得足够充分，只要不会问得太深，他的回答还是颇具说服力的。但他从不在一个地方逗留太久，久到使别人说起来复枪和猎枪的基本问题之外的事，而且他每个月都会读一两本关于枪支的杂志，这仅仅是为了记住那些专有词汇。

在他回答卢辛达的问题之前，西米诺尔运输公司的拉尔夫从他的报纸上转过头来，并从眼镜上方看着温契尔。

“我来告诉你那位绅士是干什么的，宝贝儿。我想我一进来就认出他了，可在确认之前还需要再看一眼。他是个职业赌徒。我曾在几年前的一次卡车司机集会上见过他打牌。经过一个周末的赌博，他离开的时候肯定带走了一万块钱。我记得这事是因为我的老板当时和他在一张牌桌上打牌，他说这人要么是在出老千，要么就是他所见过的最棒的扑克牌手。所以我坐了下来，观察他在两场不同的牌局里出手，然后我断定，我老板说的是对的。这位绅士能把你碾成铺路的柏油，然后让你粘在人行道上。”

卢辛达又歪了歪头。温契尔觉得她一边歪头，一边弯着嘴角微笑的样子非常迷人。“咳，咳，一个活生生的赌徒就坐在我面前。拉尔夫说的对吗？”

温契尔啜了一口咖啡，对拉尔夫的回忆和评价有些恼怒。“不，我靠打扑克谋生。”

“那就是赌博，不是吗？”卢辛达问道。

“那取决于你是如何看待赌博，以及你是如何打牌的。”

拉尔夫忍不住说开了：“你玩得很诚实，对吧？我老板认为你是这样的，他说至少他不能看出你玩的时候有什么不对劲的地方，我老板是个相当善于观察的家伙。”

“我打牌是很诚实，”温契尔说，朝拉尔夫投去锐利的一瞥，“如果你清楚自己在做什么，那就无需玩别的花招。”有一点他也很确信，如果要证明什么的话，他能用弹洗牌或底部发牌法让拉尔夫的老板破产。

“嗯，也许这要比开拖车为生好一些，”卢辛达说道，“用脑筋赚钱而不是用胳膊和屁股。对不对，拉尔夫？”

拉尔夫的目光又回到报纸上，然后拿起报纸，躲到一个远远的角落里的小隔间，好像温契尔身上携带了传染病毒似的。

卢辛达扫了一眼拉尔夫走开的肥胖背影，微笑着耸了耸肩，说道：“那么，你下站要到哪去呢，赌徒？”

“大斯普林。”温契尔通常不会告诉任何圈外人自己去哪儿，但不知怎么他想告诉这个高个子女人。“问这个问题有点困难——这不是我的本性——但你结婚了吗？或者有类似的束缚？”

她再次歪了歪头，然后微笑起来。“没有。以前我丈夫是在空军部队，后来在里斯空军基地的一次上空训练任务中，他的运货飞机在卢博克市坠毁。没有找到太多他的遗骨。那是两年前的事了。六个月前我来到这里，并开始在斯威特沃特上夜校，学习记账以及学习做一个法律秘书。在当地人和流浪者面前摆熏肉和鸡蛋不是特别具有挑战性的事情。你为什么要问我的婚姻状况？”

“噢，我在想如果你有兴趣和一个赌徒共进晚餐的话，我可能什么时候会请你出去吃晚饭。如果你心里有疑虑的话，那你尽管放心，我并不以扔硬币或出老千来付账。”

卢辛达交叉着双臂，直视着温契尔，那神情犹如一个一流牌手在审视一个刚在牌桌前坐下的陌生人。他看起来很不错，相当好看的包裹装在一个朴实的包袱里。没有克拉克·盖博或者类似的名牌，但一套考究的黑色西服很整洁，头发也修剪得很好，身材清瘦，眼睛有点深陷，鼻子和下巴坚挺好看。不过如果他能刮脸或多晒太阳会更好。她还喜欢他的蓝色吊带。

这时从厨房传来一个粗重而沙哑的声音："鸡蛋、蛋糕和火腿面包。"

当卢辛达去给拉尔夫端早餐的时候，温契尔站起身，拿着账单走向收银员，同时伸手在身上掏皮夹子。

卢辛达返回身来，在她自己那边的收银台边见到了温契尔，拿过他那张五美元的钞票，然后给他找了钱。"既然你邀请了，那我很乐意和你共进晚餐。我在科罗拉多市以外的地方不太能受到邀请。但我知道你名字的话对我会有帮助一些。"

当他告诉她名字时，她伸出手来和他握了握手，说道："我叫卢辛达。我在星期一、星期二和星期三得上夜校。除这些时间以外，我就是个自由人。你偏爱哪一天呢？"

"星期四怎么样？我需要你的地址和电话号码……嗯，这样我就知道到哪里去接你了。七点钟可以吗？"

"可以。"她潦草地在一张绿菜单背后写下电话号码和地址，然后把单子递给他："给你，姓名、地址，和电话号码。"

"那就星期四晚上见。"温契尔对她微笑着说道，同时折起皮夹子并把它塞进自己的左边臀袋。

"顺便问一下。"她说，"我们是去低档还是高雅的地方，还是介于高低之间？我只是想知道该穿什么衣服。”

“如果你不介意路程，大斯普林有几处不错的地方。我猜以西德克萨斯的标准，它们会被称为高雅的地方，所以我们去的是高雅的地方。”

“那就去高雅的地方吧。”卢辛达说道，声音里隐藏着愉悦的笑声。

温契尔将他的凯迪拉克倒出了餐馆停车场，车子再次朝向了大斯普林的方向，他感觉到了一种长久以来都没有过的难以言表的愉悦，好像音乐并未因为一个名叫巴迪·霍利的人的英年早逝而死亡。

一九六七年纪念日的二十三年之后，音乐又回来了。温契尔站在黑暗的桌球房里，拉起了那首《银铃》，怀念着卢辛达。风刮得又急又猛，在高原沙漠上常常如此，桌球室南墙上的法式门也被这狂劲的风吹得嘎嘎作响。

穿过房间，在法式门外面，两米长的菱背响尾蛇沿着牧场场房的地基慢慢爬行。这条蛇既不发怒，也不悲伤，不灰心也不害怕。它饿了，仅此而已。然而，正如它的性格特征所展现的那样，它的行动中透出了一丝急躁而紧张的气息。

响尾蛇不知怎么感觉到骤起的狂风，却听不见空中传来的《银铃》小提琴声。菱背响尾蛇在晚上猎食，它独自前行，黑溜溜的眼睛不停搜寻。拉琴者的脚在木地板上打着节拍，这声音传

中国本土最专业的网上书店
在线销售300,000种的图书、音像、礼品、服装
订购/入会：400-6699-699
送
A.《玩火的女孩》
[瑞典]斯蒂格·拉森 著
人民文学出版社 2010年8月出版
送
B.《文学少女1》
[日]野村美月 著
人民文学出版社 2010年9月出版
送
C.《瘦身我最大》
[台]英特发股份有限公司 编
中信出版社 2010年12月出版
送
送
D.《可不可以不要铁饭碗》
E.《弯家有娘初长成》
[台]弯弯 著
人民文学出版社 2011年1月出版
www.99read.com
网上书城
Read club

到了地板下面的水泥垫，然后又传到了水泥垫下的地面。然后，响尾蛇停了下来，它直起身，目光穿过法式门定定地凝视着，不停地吐着舌头。不能肯定它是否看见温契尔站在黑暗中并朝它这里张望，然而它很快又继续猎食。它爬过法式门，沿着地基方向移动，警惕任何可能到来的东西，并为此做好准备。而且它和以前一样，既不发怒，也不悲伤，既不灰心，也不害怕。它只是饿了，仅此而已。有一点急躁，但也是生命机能的问题。

温契尔调整了一下靴子里那把点 380 手枪，又拿起了小提琴，这次他拉起那位拉斯维加斯音乐家写他的一首歌。他边拉边哼唱着一些歌词：

……正如我们所有梦想家所知，

这并不是一场输赢，而是一场游戏。

我们始终如一，

只有那些梦想变得陈旧。

十二

彼得·朗·格莱斯绕过瓜帕山山脚，如期到了主屋的西面，向北一百米的地方便是索尼娅的住处。他沿着矮坡攀爬了大约六十米，然后休息了一会儿。在那里，他既可以看见正下方的主屋，又可以看见左下方那女人住宅的模糊轮廓，它看上去比主屋更小更黑。

他收拾好工具，穿过黑暗，慢慢行走在黑夜中，然后坐在瓜帕山一侧。他为什么要这么做，自己依然无法确定。尽管，那些会被关门的砰声或臆想中的厅堂脚步声吵醒的人都可能理解——是什么东西使得彼得穿过黑夜来到这个充满戒备的地方。我们依旧被过去的恐惧所驱赶，被洞口周围未知生物的呼吸所驱赶。只有依靠墙壁、火光以及身边的武器，我们的不安才能得以暂时驱逐。彼得同样也有这种感受。

而且外面有些什么东西，这东西在这样的夜晚是那样让人难以捉摸。在过去两小时里，风的气息升腾起来，席卷过这块土地，彼得一直试图抛却的一种模糊不清而又挥之不去的气氛也随之而来。这只是感觉，然而有的时候，仅仅是感觉也足够了，他要保卫自己现在拥有的，即使只是恶魔峡谷中的一个用木头和帆布搭成的棚子。但这不仅仅只是岩石、石头、木头和帆布，还有那个叫索尼娅的女人，那个叫温契尔的老人，还有他，彼得·朗·格莱斯，他们使得这高原荒漠有了一种平衡。所以，他决心要维护这一生命历程中的满足感。对彼得来说，他没有别的去处了。

也许他在瓜帕山侧感觉到的一切都是不真实的；也许夜晚会过去，黎明还会到来，这一天还是普通的一天。如果这样，他就可以回头笑看自己曾经的恐惧。可现在，他认为自己扮演着一个谨慎哨兵的角色，他一个人组成的岗哨立在这高原荒漠里被风吹刮着的雪松和牡豆树之间。

一群野猪朝他走来，一边拱地，一边喷着鼻息。在离它们五米远的地方，他尖锐低沉地"咳"了一声，野猪们纷纷窜进了矮树丛。

在泥砖屋里，索尼娅在床上翻了个身，看了看身边的钟。这一天让她很累，而三小时的失眠同样使她疲乏。这时是三点钟，再过半小时闹钟就会响起。在她卧室门的另一侧，帕布洛如雷的鼾声几乎盖过了晚风吹刮雪松时发出的呼啸声。在窗户没关牢时，风便从缝隙里吹进来，那声音有时听起来就像是一个女人的尖叫声。

她又躺了下去，任凭思绪随意驰骋。在这样的凌晨时分，她常常会想起自己在十五岁时丢弃的那个孩子。那个她曾深爱过的年轻圣地亚哥水手长得很英俊，在相识的那几天里，她被他深深地迷住了，他的红色头发、淡雀斑皮肤与她的棕色头发迥然相异，这种迥异加深了她的痴迷，而且使她从中找到了一种性欲的亢奋。现在那个男孩子应该已经三十八岁了，不知是否和他父亲当年那样高大健壮。她还记得那年轻水手肌肉发达的前臂，也记得他迈着那双她从未见过的大脚走路的姿态，他穿的鞋的宽度尺码是 EE、长度是十三码。在她问起时，他告诉了她这些，这也是保留在她记忆中的众多纷乱事件中的一件。

当她最后一次写信打听她幼子的消息时（也许她想至少可以写封信给他），便被仍留在洛杉矶的亲戚制止了，亲戚只告诉她，他已经有了一个很好的家庭，是一个计算机零部件的推销员，而且干得挺好。在这个晚上，正如在许多夜晚一样，她在想着他去了哪里，是怎么去的以及她是否还能见到他。

司机将车子减速，让康尼车滚到几乎停止，然后踩了刹车。车前灯照在了他们前方的大桥指示牌上：斯莱特溪谷。

"好了，就是这里了，"司机说道，"牧场大门应该再有一公里多，或更远一些就到了。再给我读一下地图下面的那些说明。"

马蒂又打开了别人提供给他们的那张纸，打手电照着念道："说是这地方有两栋房子，我们的目标是在离主屋很近的那间泥砖屋里。砖屋究竟是什么东西？是某种水泥、砖块或是别的什么建成的，是吗？"

司机开着林肯车沿着 90 号公路缓缓行驶，寻找着牧场大门。“是啊，我也这么认为。我想那是一种老式的水泥房。”

“在黑暗中我们怎么能区分出水泥房、泥砖房和别的房?”

“我猜我们要用上手电，马蒂，除非你有更好的主意。嗨，我们到了。”他向右转，车子驶向一条牧场道路的路口。车前灯照亮了一扇牧场铁门，大门两侧各写上了“禁止擅自闯入”的字样。

“这是什么锁，马蒂?”

“电子锁。没法撬，因为没工具可撬。但我能用贝瑞枪打上一两枪，也许就可以把它打坏。”

“我可不这么想。你也许能完全炸开那把锁，但里面的门闩只能僵在那里。另外，用枪的话也太吵，太混乱。”

马蒂再次拿出了那张手画地图。“我不走路，如果你在想着让我走路的话。我不会穿着这么好的鞋穿过这该死的沙漠，况且风在这黑夜中就像飓风那样刮着。你不会在想让我走路吧?”

“马蒂，要完成这件事情，我们就要去做我们不得不做的事情。事情不是你说的那么复杂。我记得那张纸上还记了别的东西，就是关于另一个入口的事情。上面怎么说的?”他身体前倾，靠在方向盘上休息，计算着离天亮还有多长时间。轮胎爆了，然后杀了警察，又把他的尸体扔在水槽里，处理这些事情花费了他们一个多小时的时间。此时，他表上显示的是将近凌晨3:30。

“地图下面写道，离这里一公里的东边有另一个入口。先向左转，然后在大路和铁道高架下面向南环绕。上面说：‘高架附近有扇没上锁的老门’。我猜没人知道那里有扇门。”

“我的上帝，这他妈的变成了一场噩梦。”司机又长长地叹了口气，用右手掌擦了擦脸，“让我们试试那个入口吧。不过现在就得动身了。”

一辆半拖车艰难地疾驰在德克萨斯的夜晚，向东高速呼啸而去。

“看，这是通往山上的路……”马蒂指点着，“我觉得透过这些灌木、仙人掌和垃圾，几乎能看见屋子里的灯光在闪烁。我猜是有人起床了?”

“可能是院子里的一些灯光。农场里有这种东西。”司机开回到大路上，并提高了车速。

“这是一个牧场，不是农场，是吧?”马蒂把贝瑞塔放在膝盖上，头脑开始进入枪杀状态。

“据我所知，牧场和农场都是一样的。”司机说道，又放慢车速，并向左转朝大路开去，驶上了一条沙砾路，铁道高架刚好在那里就没有了。按照那张图纸的指引，他先在大路下方，然后又从高架底下绕回去，来到另一扇大门边，那扇门就像一道铁丝网。

“下去查看一下，马蒂，快一点。”

马蒂下了车，踏进了一块大约两平方米的带刺梨木仙人掌丛中。“耶稣啊！见鬼，我踩进他妈的大蓟堆里了。天哪，太刺人啦，还直接刺进我这条好裤子里了。我想我的裤子都给划破了。”

“快点儿，马蒂。快没时间了。离天亮的时间不久了。”

“很快就好了，见鬼。我得从这块仙人掌丛中脱身吧。”他把手电往下一照，小心地从皮肤和裤子里拔出每一根刺，然后把裤管卷到膝盖，故作斯文地迈着碎步从边上走出了仙人掌丛，然后朝大门走去。

此刻，司机的手心都出汗了。这次行动是他操纵的。马蒂是真正的杀手，而此刻，这位卷着裤管的杀手在前灯的照射下，外套的下摆随风飘扬，看起来和马戏团的小丑有几分相似。

马蒂解开一段链条，把大门朝着林肯车拉开。“你觉得你开车进去后我应该把门关上吗?”他在风中喊道。

司机探出车窗:“不，让它开着;我们还要从这条路返回。我会把车停到边上一点儿，这样你就不用再和仙人掌作斗争了。”

回到了车路的马蒂拿起他的贝瑞塔，把它放在膝盖上。“干完这件他妈的事情，咱们就赶紧离开这他妈的德克萨斯。我已经受够了，你呢?”

“是啊，我当然也受够了。现在我们要做的就是找到那所房子。在这个方位我根本看不见任何灯光。现在，在我们到达高架所在地之前，公路就在偏东南方的拐弯处。我们驶过那公路后大约是向北转，然后从高架下面返回到南面。这就意味着那房子应该就在正前方和偏右方之间。看不见任何灯光，我猜我们一定是在一个小坡的一侧下方，那房子应该就在坡的另一侧。也许离这里两三公里左右。”

林肯车在牧场的一条石路上颠簸前行，在司机想前往的大致方向拐弯。司机说道："应该把灯熄了，可这样我几乎就看不清路。耶稣啊，听听这刮擦声，就像一把刷子在给车子上漆。"

在瓜帕山的另一边，彼得看见了停在牧场正门前的车灯。他看着那灯光沿着 90 号公路向东行驶，然后在南太平洋高架下拐回来。现在那些灯光正穿过沙漠，朝着位于他正坐着的下方的牧场主屋驶去。他站起身，收拾好工具，然后平静地走下瓜帕山，每走大约十米就停下来观察那辆行驶而来的汽车所处的位置。

闹铃在 3:30 响起时，索尼娅从床上起来，穿上浴袍。帕布洛正睡在她厨房里的毯子上。

她把他摇醒："起来吧，老头，时间到了，你该走了。"

"还是晚上呢，"帕布洛咕哝着，"天一亮我就走，我厌倦了在黑暗中跌跌撞撞。"

"我会给你煮好咖啡和鸡蛋。我要你在天亮前跨过牧场边界，到公路上去。沿着路向西走，走到西面有一排篱笆的地方就朝北拐，这段路走起来很轻松。"

"我以前走过。"帕布洛费力地坐上了一把椅子，用双手的手指关节揉了揉眼睛。

"我要用一下厕所。"

"那就去用好了。我放在水槽旁的蓝毛巾是你的。"

“我觉得我还在发烧。”

“你回到家时烧就会退了。如果一切顺利的话，边境巡警给你搭个便车，那你就能在太阳下山前到家了。”

十分钟后，帕布洛又坐在索尼娅的厨房餐桌前。他吃着玉米粉薄烙饼和蘸满了沙拉酱的鸡蛋。咖啡浓而黑，甚至太浓太黑，所以他要了点牛奶和糖。

“老头儿，你牢骚满腹地提要求肯定会弄得你老婆发疯的。你把老婆逼疯了吗？”

“没有，我妻子很爱我，而且还知道我爱喝什么样的咖啡。”

索尼娅透过起居室的一扇窗户往外看，看见了半公里外温契尔房里的灯光。那老头儿肯定通宵未眠；他有时是这样的。她朝东方看了一眼，黎明正出现在塔拉哈西在和佛罗里达，并无情地朝西德克萨斯汹涌而来。

十三

林肯车爬上了一个小坡，牧场房舍那扇亮着灯的窗户只能在三百米之内才能看见。司机熄了车前灯，并把车停了下来。“我想从这里开始走路吧，马蒂。没有灯我不知道自己走到了哪里，可也不能再开着灯了。我们拿上枪和手电，车就停在这里。”

“喔，看在上帝的份上……”

“别争辩，”司机打断他的话，声音紧张而尖利，他没有耐心，也没有时间了，“这项工作是我负责的。你是个枪手，我操纵整个过程，现在我说我们从这里开始走路。找到目标，完成这件事情，然后我们就能在午饭前返回厄尔巴索。找个好饭店，弄点吃的，睡上一会儿，后天我就会让你回到洛杉矶的家，也许还要早一些。可是，看在上帝的份上，帮我记住抢出两只装满物品的行李箱。有传言说，在我们做这个行动安排时，也就是几天前，一个毒品交货人出发了，今晚他就能到达。我们必须确保带走所有的毒品，并在到达布兰卡检查点前将这些毒品在万角的一个地方分散掉。”

“就像我先前说过的那样，我应该从阿贝克隆比和费奇①专柜带点儿东西来。”马蒂嘟哝着。

他们离开了汽车，朝着牧场路行走，司机打着手电直往下照。在明净的沙漠空气里，彼得可以看见一个小小的光圈正沿着一条牧场道路移动，光圈的摇曳跳跃暗示着有人正打着手电步行。

温契尔已经在起居室坐了很长时间。威士忌喝完了，他回到厨房，往杯子里又倒了少量酒，抬头看了看钟，3:45。漫长的夜晚很快就要结束了。那种恐惧，那种觉得什么事情出了问题的感觉，肯定都是出自一个老人的想象。某些事情是会经常出现在老年人的头脑中，他们常常会莫名地恐慌，认为某个夜晚是他们的最后一夜。他在哪篇文章中曾看过这种说法。是的，他肯定是在什么地方看过。凯迪拉克已经加好了汽油，准备开始旅行，他开始思考着开车去拉斯维加斯，在那里认真地玩玩牌。

当温契尔走进厨房，饭桌下睡觉的那条狗抬头看了一会儿，然后又低下了头。一阵晚风从朝东的一扇窗户吹进来，狗突然又抬起头，并睁开眼睛。它从地上爬起来，走到窗前，一边嗅一边咆哮。

---

① 是美国当地年轻族群超流行的服饰品牌，从美国风行全世界，主要走休闲年轻路线，衣服质感超佳，设计出众。

“出什么事了,小姑娘?”

狗咆哮得更响了,颈项的毛发直直竖起。温契尔悄悄从靴子里取出了点三八柯特枪,打开滑片,往弹膛装进了一颗子弹,弹匣里还留下了六颗。他关上了厨房灯,走到窗户前,站在狗的上方。狗看了看他,又扭头看着窗外,咆哮声中的紧张更加强烈了,它叫了一声,然后又叫了一声。

温契尔走进起居室,关掉了房子里的最后一盏亮着的灯。朝西北方望去,他能看见索尼娅住的地方仍亮着灯。这对他来说并不意味着什么,因为他知道,和他一样,她似乎总是保持着怪异的作息时间。他回到厨房里,从架子上取下装有八节电池的轻便式聚光灯,然后望着窗外。狗仍然坐在那里咆哮不止。

司机注意到马蒂的变化。马蒂不再抱怨,内心进入到另一个状态之中,这是他在以前的行动中见过的马蒂,是他在行动就要开始的时候期望看到的马蒂:紧绷着脸,神情阴冷,这枪手准备干活了。他们沿着崎岖的道路跌跌撞撞往前走,鞋子里侵入了不少灰尘,并被石头和沙砾逐渐划破了。任何锋利物品(路上的每样东西似乎都很锋利)都容易刺破这城里的好鞋,几乎要把鞋底戳穿。现在他们还没有踩上牡豆树的刺,这些刺会钻出地面,像钉子一样把皮革戳穿。

风依旧刮着,不知从何处传来一条狗的叫声。

“耶稣啊,那是什么?”马蒂一只手抓住司机的夹克让他停住了脚步。

“在哪儿？什么东西？”

“正前方，正在移动的大个子东西。”

出于本能，司机把手电照向马蒂手指的地方：“天啊！”

十二头长角牛正站在他们面前，并回头张望着。有几头公牛的体重约达一千五百磅，两角之间的宽度大约有两米。

“是牛，我从没见过这么高大的牛，比一辆他妈的卡车还大！”马蒂说道。他拿起贝瑞塔，举枪对着牛群。

尽管司机穿过德州辽阔的土地在漫长的路途上行驶了很久，而且这一路驱车过来应该已经让他习惯了这片土地与他的日常世界有多么不同，可他依然觉得眼前的一切已非自己的能力所能控制的，这也许是他这趟旅行中第一次有这种感觉。在康尼车里，他能感觉到自己的控制力、自信心以及力量感。然而现在他颤抖了，尽管他有高大的身躯，手里还握着贝瑞塔枪。狂风席卷着孱弱的小树，手电的光线从长角牛的眼睛里反射过来，在这广袤无垠的高原荒漠里，他忽然变得渺小起来。这些公牛有些是红色的，有些是白色的，但身上带着黑点，还有一些是红白黑色。这些长角牛没有要走开的迹象，甚至也不害怕。它们只是盯着马蒂和司机看。

“嗯，看起来它们并不想索要什么，”司机低语道，“我们绕过它们，走左边。那所牧场屋子就在前面，离这里大概只有一百米了。”

“是啊，嗯，注意，那里的灯已经熄了。”

“你说得对。可能并不意味着什么。有人上床睡觉了，就是这样。”

这一次，事情解决了。马蒂和司机绕开了牛群，又找到了牧场的路。他们离牧场房舍仅五十米之遥。

从厨房窗户望出去，温契尔看见了沙漠里瞬间闪现的亮光。他的肠子猛地蠕动一下，心跳霎时加快了三十下。他又看见了那道亮光。那亮光朝着什么东西照了几秒钟，然后从他的视线中消失了。他挪到窗户的另一边看，可什么也看不到了。

在正房的西北边，索尼娅正在收拾帕布洛吃饭的碟子，尽管他还没吃完。

“时间到了，老头。上路吧。”

帕布洛想的是摆在他面前的漫长的一天，还想到返回圣塔·海勒纳那条漫漫长路以及如何对那些边境巡警编故事说谎。他们不能证明什么。也许今晚他就能回到家里，若是运气很好的话，或许傍晚时就能到。然而，和以前一样，这依然是一个充满风险的漫长过程。

索尼娅重重地打开前门，朝牧场正房看了看。现在那里已经漆黑一片；温契尔终于上床休息了。

“来吧。”她对帕布洛说。

他走出门，走上了泥砖房前的小路，然后向右转，朝着牧场西面的篱笆走去。到篱笆处他再向北转，沿着另一条牧场道路走到 90 号公路。尽管得到一些休息，他仍然觉得劳累。但他的双脚却似乎再次拥有了自己的生命，踏着凉鞋又开始坚定不移地行走，这一次是朝着边境和家的方向行走。

确定他已经走了后，索尼娅来到壁橱前，取出了一只手提箱。她把箱子和那老头的包裹放到床上，开始仔细地进行一系列的行动——重新打包，刮下毒品，此时她的眼前出现了一所坚固的砖房，房子建在克里尔色格诺镇一个较好的地段，她可以在那里舒适体面地度过余生。

马蒂已经走在了主屋南边的小道上，沿墙而行，途经通向内室的几道法式门。司机绕着房子的东侧小心翼翼地前行。他可以听到里面的犬吠声，这是他不喜欢的声音。不管这房子里头睡的是谁，都可能会被吵醒。他看了看手表：快到四点了。

马蒂绕过屋角，看见西北方向半公里处有亮光。灯光下勾勒出一所小房子的轮廓，他立刻就知道了他要寻找的目标在哪里。有个人影出现在房前，马蒂低声说道："看见那些灯光了吗？我们能从那下面找到她。"

一个声音回应道："你是谁？你想干什么？"不是司机的声音，是另一个人在说话。是一个男人的声音，强硬而又直接。

马蒂已经忘了司机正从房子的另一侧绕过来，他连开了三枪——砰砰砰——他靠着墙转身向刚才转出来的角落后退，寻找掩护。从前门附近闪出一道亮光，一颗点三八子弹击中了马蒂的左肩上侧，枪声则稍微滞后传来。

“马蒂！你还好吧？”司机大声喊了起来，这就让温契尔知道了还有一个人。所有的游戏都有它们露馅的地方。

马蒂伤得不重，但由于子弹的威力以及遭遇到的突然袭击使他跌跌撞撞地往后退，在穿过杜鹃花藤时摔了一跤，这时他听见司机的声音从这个夜晚的某个地方传来。当他摔向地面时，还听到了另一个声音，这声音好像是秋风吹起旋转的枯树叶发出的沙沙声，这时又出现了一个声音，那声音几乎被菱背响尾蛇弄出的声响掩盖，那是一条正摆出进攻姿态的大蛇发出的咝咝声。对于马蒂，或者对于一般的人来说，这是离听到红色地狱的尖叫声最近的距离了。

然后，如果闪电可以更慢，如果上帝给了我们反应更快捷的眼睛，那么我们就可以看见这一景象。菱背响尾蛇闭上嘴，毒牙折了回去，开始发起进攻。像标枪那样刺入的过程中，它张大的嘴几乎形成一百八十度角，白花花的喉咙闪出一道亮光，露出的毒牙作缠咬状。刹那间，毒牙刺入马蒂的皮肤，咬在他的脖子上，正好咬在他那件价值八十美金的白衬衫衣领上面。蛇合拢了嘴，出于一种恐惧，做着力所能及的防卫动作，几乎将所有的毒液都注入马蒂身体的一个部位，这本是最不可能被咬到的地方，毒液直接进入了把氧化血液输向脑部的颈动脉。马蒂尖叫着，试图站起身。他双手和膝盖撑着地，右手依然紧紧攥住贝瑞塔枪,不自觉地扣动了扳机,可子弹并没有击中任何东西,而是飞散在地面上。因为恐惧,菱背响尾蛇也变得兽性十足,再次对马蒂发起进攻,这回咬住了他的脸颊,将剩下的所有毒液全都释放殆尽,咬完后,它迅速后退,爬回到黑夜中,离开了给它带来威胁的东西。

马蒂爬起身,再一次发出尖叫,可这么做他完全错了。在这个时候,除了药物治疗外,没有什么能给他帮助。也许药物治疗也没用。他开始毫无目的地奔跑,只是疯狂地在黑夜里奔跑,并漫无目标地开枪,试图逃避所有侵入他内心的恐惧,被咬的地方给他带来极大的痛苦,使得他的心跳攀升,几乎超过了两百,部分是因为毒液,部分则是因为恐惧。与此同时,他的血压开始下降,他用手摸了摸被咬处,感觉到脖子和脸已经在发肿了。

马蒂已经完全忘记了那个枪伤,那伤口似乎一点也不痛,但却开始流血。他跑得更远了,跌跌撞撞地朝着小房子奔去,心里想着能找到什么帮助。他跑着跑着,身体突然踉跄了一下,一支用牡豆树上一根长直的树枝做成的矛戳进他的胸口,插入他的心脏。当马蒂倒下的时候,彼得放开了长矛。

司机不知道发生了什么事情,仍竭尽所能地保持冷静,努力重新集中精神。别人总这么对他说:你干活干净;我们指望你去完成这项任务,完成我们交给你的任何任务。司机也总完成得很好。他以前也陷入过艰难的困境中。在枪声和马蒂的第一次尖叫后,他开始朝正房西北边的小屋子小跑过去。不管发生了什么，马蒂现在都得自己照顾自己了。

泥砖房里亮起了多盏灯。他能看见一个人望着窗外的侧影。再近一些，他确认这就是自己要找的处所。确认过后，他那二百三十磅重的身体撞开了门，他看见屋里有个女人，马上就明白了她就是目标。她穿着睡衣站在那儿，身子靠着十二米开外的厨房的水槽，眼睛睁得大大的。

司机呼吸急促起来，他把贝瑞塔手枪调到了自动模式，然后把枪举起，摆出开火的姿势，准备杀掉这个三十年前给予他生命的女人。在索尼娅的身旁，一扇后门"砰"地打开了，一个穿着白衬衫蓝吊带的高大老人倚在门槛旁，从一支手枪里射出了两轮子弹，然后弯腰退了出去。子弹没有击中司机……但箭刺中了他后背中心，这就使得他向前迈了一步。他转过身，看见一个黑影穿过黑夜，然后他迅速射出了三轮子弹，同时还在疑惑是什么东西使他的后背有如此怪异的感觉。

现在，当温契尔倚在厨房门上时，房间里再次响起了他的手枪声。这一次是从司机背后开的枪，司机正面朝屋外。而且这次的两颗子弹都击中了他，一颗打在箭射中的伤口旁，另一颗打得位置偏高，击中了他的右肩。

司机慌乱地对这最直接的威胁做出了反应，他努力转过身子，面向手枪，他模糊地注意到那女人消失了，只看到打开的后门在晚风中摆动。当他再次艰难地转向外面的黑暗时，一把锋利的四寸长的刀插入了他的咽喉，彼得强有力的右臂把刀深深地插了进去。与此同时，司机手中的贝瑞塔也被夺了过去，并被迅速扔进黑暗中。一只膝盖压住了他的腹股沟，司机倒了下去，在一幢高原沙漠的泥砖房中的门廊里很快地死去了。

彼得轻轻咕哝了一声，充满了厌恶和憎恨，是他对世间万物的一种厌恶与憎恨，然后抬起他那穿了厚重的靴子的脚踢向司机的脸。

十四

在“两对”牧场的正房，温契尔正仔细地往一只手提箱装东西，将他那些好上好的衣服、衬衫和领带装进去，并从自己卧室壁橱中的一个地板保险箱里取出了两万美金。凯迪拉克已经加满了油，在第二天的黎明前就能开到拉斯维加斯。离牧场八公里的地方，彼得双手枕在脑后，躺在睡袋里，那天的情景再次在他脑子里回放。

他和温契尔都不喜欢把生活过得复杂，两人倒空了那辆林肯大陆车的油，把两具尸体和两把贝瑞塔枪塞进车里，然后把车弄进离正房八公里多的矿井里，并在车身上扔了棕色手提箱和旅行用包。他们使用了牧场牵引机上的前端装填机，用八米左右高的泥土和石块将井口堵上了。

至于索尼娅，有谁知道她，又有谁会在意她呢？她在那个黎明前的黑暗中消失了。五小时后，克里尔色格诺镇上的一个银行账户被注销了，开往德州普西迪的车票又卖出了一张。由于奥吉纳加就在边境那边，也许她是朝着墨西哥走了，并直奔那个海滨小镇的一栋漂亮的砖房。

温契尔放进行李箱的最后一样东西是一份遗嘱的备份，他打算在维加斯重写一份，将牧场的大部分送给卢辛达·米勒，这一点没变，可他还把两千亩土地和一份地役权留给了一个名叫彼得·朗·格拉斯的人，他的地址显示为“德克萨斯州克里尔色格诺镇，两对牧场，峡谷最南面（恶魔峡谷）”。

当他告诉印第安人时，彼得点头说道：“我会照料好这片土地的，并且还会在你的红柳树上挂鹿肉。”

在温契尔打包裹时，一个印第安人正躺在崎岖不平的峡谷里埋首沉思，而一个名叫帕布洛的人正舒适地坐在一辆彻罗基边境巡逻吉普车后座上。他望着窗外，在漆黑的夜色中，他看见一轮已圆了四分之三的明月正逐渐变圆，一朵朵黄花也正在黑夜中绽放。他决定让这一次成为最后一趟北方之行。永远不要让贪婪影响到你的决定，他的叔叔曾经这样告诉他，帕布洛也认为自己已经攒下足够的钱实现他的梦想，他可以在塞拉马德雷那凉爽而湿润的山间拥有一座小庄园，在那里他孙儿成群，他们会拉着他的手，和他一起在林中漫步，在清溪垂钓。

于是，在数世纪前曾爆发过的火山的高山上，在这已经被人类忘却的地方，这夜晚就像手摇留声机里飘出的一曲老歌，一曲高原荒漠之歌：晚风轻轻吹过牡豆树和雪松树，一头野狼嗥叫着，接着招来了同伴们的应答声，一条名叫路德的七尺菱背响尾蛇穿过牧场小道，在疏松的沙砾上发出几乎无法察觉的擦刮声，这时，一丛夜来香在晚风中静静地飘摇。

致　谢

感谢我的代理人大卫·维加利奥诺，感谢他在我完善手稿时提出的宝贵意见。另外，对我曾在那里安过家的偏远的高原沙漠牧场，我感到一种辽远而又怀恋的感激，正是那个地方给我提供了撰写此书的构想和语言。